착하게 사는 게 맞다고 생각합니다

착하게 사는 게 맞다고 생각합니다

주용태 지음

싸우지 않고 이기는 따뜻한 힘의 원리

트러스트북스

점점 더 아름다운 세상

"착한 사람과는 결혼하지 마십시오. 착한 사람은 죄인입니다. 착한 사람은 이 사회의 천덕꾸러기입니다."

우연히 보게 된 유튜브 영상의 내용에 내 귀를 의심했다. 아니, 어떻게 저런 말을 버젓이 할 수 있지? 댓글들을 찾아보니 더욱 놀라웠다. 몇몇을 제외하고는 수많은 사람들이 그 말에 동의했다. "정말 맞아요, 저도 많이 당했어요, 결혼 잘못했어요. 제 남편은 사람은 착한데 정말 답답하고 무능해요."

그렇지 않은데, 착한 사람은 정말 훌륭한데……. 그 이후 나는 책을 써야겠다고 생각했다.

옛날부터 지금까지 착한 사람이 잘 된다, 착한 사람이 이긴다, 착한 사람이 복을 받는다는 이야기는 셀 수 없을 만큼 많다. 〈흥부전〉, 〈장화홍련전〉 등 우리나라 고전들의 주제는 대부분 권선징악이다. 우리의 어린 시절은 또 어떤가? 부모님은 말끝마다 "나쁜 짓 하지 마라, 거짓말하지 마라, 남을 해치지 마라"고 일러왔다. 학교에서도 선생님들은 아이들에게 착한 사람이 되어야 한다고 귀가 닳도록 가르친다.

그런데 참 모순이다. 우리가 조금만 자라면 이야기는 완전히 달라진다. 부모도 그렇고 자신도 그렇고 주변 사람들도 마찬가지다. 언제 그렇게 말했냐 싶을 정도이다. 착하면 손해 본다, 착한 사람은 호구다, 심지어는 착한 사람은 나쁜 사람이다……. 이것이 마치 우리 사회의 통념처럼 되고 말았다.

왜 이런 모순이 발생하는 걸까? 이럴 거면 아예 어렸을 때부터 착한 사람이 되라고 하지 말든지, 아니면 나이가 들어도 변함없이 끝까지 착하게 살라고 해야 하지 않은가! 개인뿐 아니라 사회 전체가 이런 모순을 아무 문제의식 없이 받아들이는 현상이 참으로 희한하다. 우리의 본성은 착한 사람이 되라고 요구하는데, 현실에서는 착한 사람이 떠안아야 할 손해가 너무도 크다는 사실을 알고 있어서 이런 모순이 생긴 건 아닐까? 우리 안에 있는 선한 본성과 각박한 현실 세상의 차이가 크기 때문에 일어난 것일까?

그런데 정말 그럴까? 착하게 살면 손해만 보는 세상일까? 착한 사람은 바보고, 착한 사람은 패배자이고, 착하게 살면 불리한 세상일까? 아니, 절대 그렇지 않다. 그건 착각이다. 착한 사람이 손해 보고 못된 사람이 잘나가는 것처럼 보이는 이유는 아주 간단하다. '당장 보기에'는 그렇기 때문이다.

착한 사람과 못된 사람의 가장 큰 차이는 기간이다. 단기적으로 보면 착한 사람이 불리하지만, 장기적으로 보면 결국 착한 사람이 성공한다. 그런데 대부분의 사람들은 코앞의 것만 바라볼 뿐 나중을 보지 않고 당장 좋으면 다 좋다고 착각한다. 그래서 착한 사람은 늘 손해 보고 악한 사람은 늘 이긴다고 생각하는 것이다. '착한 사람이 성공한다'는 주장은 하나의 기대 차원에서 그저 소망으로 강조하는 이야기가 아니라 현실이고 실제이다. 이 책에서는 그것에 대한 수많은 증거들을 제시하고 여러 이론적 근거들도 살펴볼 것이다.

오늘날 세상은 착한 사람이 적응하기 좋을까, 못된 사람이 적응하기 좋을까? 그리고 앞으로 우리가 살아갈 세상은 착한 사람이 살기 좋은 세상이 되어갈까, 못된 사람이 살기 좋은 세상이 되어갈까? 대부분은 못된 사람이 살기 좋은 세상이 되리라 생각할 것이다. 약삭빠르고, 반칙이나 부정도 저지르며 필요할 때는 거짓말도 하면서 자기 이득을 야무지게 챙기는 사람이 살기 편한 세상이라고 생각할 것이다. 그러나 분명히 말하지만, 절대 그렇지 않다.

차마 입에 담기 어려운 사건 하나를 살펴보자. 아버지가 친딸을 200번 넘게 성폭행해서 30년 징역형을 선고받았다. 판사조차 "짐승들도 이런 짓은 하지 않는다"라며 혀를 내둘렀다 한다. 아내는 이 사건을 무슨 특종이라도 본 듯 분개하고 한숨을 쉬어가며 내게 들려주었다. 나는 아내에게 질문했다.

"요즘 사람들이 옛날 사람들보다 더 악할까 아니면 더 선할까?"

아내는 고민하지 않고 "요즘 사람들이 악하지"라고 대답했다. 나는 "틀렸다"고 알려주었다. 놀랍게도 사람들은 더 악해지지 않고 더 선해지고 있다.

네덜란드의 역사학자 피테르 스피렌부르그(Pieter Spirenburg)의 저서 《살인의 역사》에는 중세부터 현대에 이르기까지 사람들이 얼마나 살인을 많이 했는지를 시대별로 보여주는 표가 나온다. 놀랍게도 과거와 비교하면 현대의 살인율은 급격히 감소했다. 중세에는 살해당한 사람이 연간 10만 명당 35명이었지만 현재는 1~2명에 불과하다. 우리나라는 1명도 채 되지 않는다. 살인 방법도 옛날이 훨씬 더 잔인했다. 사람은 점차 선해져 가고, 갈수록 선한 사람들이 살기 좋은 세상이 되어가고 있다는 증명이다. 선한 사람들이 생존하기 좋은 세상, 악한 사람들은 살아남기 어려운 세상이 되어간다.

세상은 급속도로 바뀌고 있다. 커다란 변화 현상 중 하나는, 사람들의 윤리 도덕 관념이 올라가고 있다는 사실이다. 2018년 전후에 시작되어 세상을 발칵 뒤집어 놓은 사건이 있었다. '나 역시 당했다'는 미투 사건이다. 마치 홍수가 나서 둑이 터지듯 온 나라가 난리였다. 고작 몇 년 전만 해도 그 정도는 아무 문제가 아니었고, 일상에서 흔히 접할 수 있는 상황이었다. 성적 농담 몇 마디 던져도 당사자만 불쾌했을 뿐 주변은 문제 삼지 않았다. 하지만 지금은 아니다. 성적 감수성이 부족한 사람들은 정신 바짝 차리고 언행을 삼

가야 한다. 그렇지 않으면 의도치 않은 사이에, 잡혀 들어갈 수도 있다. 이러한 현상은 무엇을 말해주는가? 못된 사람은 더더욱 살기 힘든 세상이 되어가고, 착한 사람에게는 점점 더 살기 좋은 세상이 다가오고 있다는 뜻이다.

이 세대의 영웅들을 생각해보라. 착한 사람들이 성공 반열에 오른다. 김연아, 유재석, 손흥민, 김연경, 박항서 감독… 다 착한 사람들이다. 그들에게서 조금이라도 악의가 보였다면 그처럼 큰 대중의 호응이나 인기를 얻지 못했을 것이다. 반대로 착하지 않은 행동 때문에 자기 분야에서 퇴출당한 사람은 얼마나 많은가. 영화감독, 유명작가, 운동선수, 정치인, 유명 배우 등 이루 말할 수 없다. 한순간 저지른 잘못 때문에 낙인 찍혀 사회에서 외면당하고 있다.

세상이 달라지고 있다. 우리는 이러한 엄청난 변화를 실감하고 그에 맞춰 살아야 한다. 물론 착한 사람이 다 잘되고 성공하는 것은 결코 아니다. 착한 사람이 지닌 문제점도 분명히 존재한다. 그 문제점을 알기 위해서 나는 착한 사람들을 유형별로 분류해보았다. 착한 사람들의 유형을 살펴보면 그동안 착한 사람들이 왜 조롱과 비난을 받았는지, 착한 사람 중에서 어떤 사람이 성공하고 어떤 사람은 실패하는지, 착한 사람의 약점과 강점은 무엇인지 알 수 있다. 착한 사람에 대한 모든 문제와 심각한 오해들이 다 풀리게 된다.

무엇보다도 착한 사람들은 두 가지를 잘해야 한다. 하나는 남에게 베풀면서 반드시 자기도 챙겨야 한다는 것, 또 다른 하나는 착함이 특혜가 아님을 깨닫고 반드시 자기 능력을 키우고 강해져야 한다는 것이다. 쉽지 않은 일이지만 이 두 가지만 잘하면 착한 사람은 이 시대에 금상첨화가 되는 강점을 소유할 수 있다.

그게 어떻게 가능할까? 정말 가능하기는 한 일일까? 가능하다. 이 책은 그 길을 명료하게 안내한다. 그동안 착하게 사는 것을 마치 무슨 굴레처럼 여기고 있는 사람들, 착한 사람으로서 자신감을 잃었거나 착한 사람으로 사는 것에 회의감을 가진 사람들, 착한 사람이 지닌 진짜 강점이 무엇이고 약점은 무엇인지 제대로 알지 못한 사람들에게 이 책은 여름날의 얼음냉수보다 더한 시원함을 안겨줄 것이다.

이 책을 읽는 순간부터 당신의 눈빛이 달라지고, 발걸음에 활기가 넘치며, 찬란한 빛의 경지를 경험하게 될 것이다. 1장은 점점 착한 사람들의 세상이 되어가고 있다는 것을 여러 사례를 통해 증명한다. 2장에서는 착한 사람들을 5가지 유형으로 분류하고 그 특징을 분석한다. 3장에서는 착한 사람들이 지닌 강점들을 내밀하게 다루고, 4, 5장에서는 착한 사람들이 저지르는 치명적 실수는 무엇인지 여러 경우를 통해 밝혀내고 그 해결책을 하나하나 세밀하게 제시한다. 6장에서는 나쁜 사람들을 어떻게 대처해야 하는지, 7장에서는 착한 사람이 강해지는 방법을 다각도로 제시한다.

아무쪼록 이 책을 통해 착한 사람들이 살기 좋은 세상, 착한 사람들이 인정받고 더 성공하고 더 행복한 세상이 되기를 간절히 소망한다.

착하게 사는 게 맞다고 생각합니다 _ 차례

REBOOTING

3 착한 사람 리부팅_**강점 살리기**

UPGRADE 1

4 착한 사람 업그레이드 1_**치명적인 약점 극복하기**

UPGRADE 2

5 착한 사람 업그레이드 2_**결정적인 단점 해결하기**

BOOSTER 1

6 착한 사람 부스터 1_**나쁜 사람들을 세련되게 대응하는 법**

BOOSTER 2

7 착한 사람 부스터 2_**착하지만 강해져야**

1

OPENING

착한 사람 오프닝

착한 사람의 세상이 열리다

○
●

우리 시대의 영웅들

요즘 대학생들이 가장 존경하는 인물은 누구일까? 첫째는 유관순이다. 둘째는 누구일까? 놀랍게도, 유재석이다. 물론 이 조사가 정확하지 않을지 모르며, 조사기관마다 결과가 많이 다를 수 있다. 그렇다 해도 유재석은 어느 연령, 어느 해를 불문하고 항상 상위에 랭크되어 있다. 나도 유재석을 좋아한다. 그러나 존경하지는 않는다. 그래서 나는 존경한다는 설문조사의 순위를 보고 놀랐던 것이다.

좋아하는 것과 존경하는 것은 차이가 있다. '존경한다'는 말의 사전적 의미는 "남의 인격 사상 행위 따위를 받들어 공경한다"는 뜻이다. 그래서 아무에게나 존경한다고 쉽게 말하지 않는다. 그런데도 수많은 한국인이 유재석을 존경한다고 한다. 유관순, 세종대왕, 이순신, 김구, 안중근 등과 레벨을 같이하는 것이다. '유느님'이라는 호칭이 가히 틀린 말이 아닐 정도이다. 개그맨 유재석은 왜 대단한 사람인가?

유재석은 보통 사람이 평생 한 번 받기도 어려운 연예대상을 17번이나 받았다. 그야말로 예능 역사상 공전의 대기록이다. 언제 때 유재석인가? 그런데 2021년 MBC 연예대상 수상자가 유재석이다. 2020년에도 유재석이다. 어떻게 이럴 수가 있을까? 나는 연예대상을 어떤 방식으로 선정하는지 모르지만, 아마 우리나라에서 가장 인기 있는 사람을 뽑는 것과 같을 것이다. 실제로 지금 우리나라 사람이 가장 좋아하는 사람은 누구인지 무작정 설문조사를 해보면 유재석일 거라고 확신한다.

지금 내가 유재석을 국민 영웅으로 만들거나, 교주(유느님)처럼 신봉하려고 이 글을 쓰는 것이 아니다. 다만 한 사람의 인생이 성공하고 그 성공이 오래 지속되는 비결, 그것을 대표할 만한 사람으로서 유재석을 말하는 것이다. 그렇다면 유재석이 이렇게 인기 있고 성공한 인생을 사는 비결은 무엇일까? 여러 가지가 있겠지만 가장 중요한 점은 착한 인성이라고 단언하고 싶다. 한마디로 그에게서 풍겨 나오는 모든 것이 선량해 보인다. 사람들과 정면으로 맞서는 법이 없다. 한바탕 뭔가 할 것 같다가도 결국은 자기가 숙인다. 싸울 것 같으면서도 나중에는 진다.

그의 이미지는 사람들 앞에서 한 자락 꺾여 있는 모습이다. 그 모습이 사람을 편하게 만들어준다. 그렇다고 바보처럼 완전히 꺾어버린 상태는 아니다. 그는 기분 나쁘지 않게 오롯이 자기주장을 펼친다. 그래서 사람들에게 불편한 감정을 주지 않는다. 꺾여 있지만 한쪽에서는 자신을 주장하는 묘미가 유재석의 능력이라 하겠다.

그의 성공 비결을 김성재 작가는《후 스페셜 유재석》이라는 책에서 6가지로 말한다. 1) 유머 감각 2) 검소하고 정직한 생활태도 3) 포기하지 않고 온 힘을 다하는 자세 4) 다른 사람을 배려하는 마음 5) 철저한 자기관리 6) 솔선수범하여 자기를 희생하는 리더십이다. 6가지 중 무려 3가지 이상이 착한 성품이다. 유재석의 성공 비결은 전적으로 그의 선량함에 있다 해도 과언이 아니다.

착한 사람들의 세상으로 바뀌어가고 있다

그 외에도 착한 인성 덕분에 성공한 사람은 한두 명이 아니다. 스포츠 혹은 연예인 스타들을 면밀히 살펴보라. 차범근, 박지성, 손흥민, 김연아, 김연경, 아이유… 다들 악한 구석 하나 찾아보기 어려울 만큼 착하다. 물론 가까이에서 보면 실상은 다를지도 모른다. 그러나 이제껏 보여준 모습들이 선했기에 전 국민에게 환호를 받고 인기를 얻었다 할 수 있다. 2022년 5월, 축구선수 손흥민이 잉글랜드 프리미엄리그에서 득점왕을 했다는 소식이 들렸다. 이를 두고 한 신문기자는 우리나라의 월드컵 4강 진출보다 경사스러운 일이라고 썼다. 동양인 선수로는 처음으로, 내로라하는 쟁쟁한 월드스타들을 제치고 득점왕이라는 대단한 자리에 오른 것이다.

손흥민은 겸손하고 친절하다는 칭찬이 자자하다. 득점왕 경쟁 중에도 페널티킥 기회가 왔지만 팀을 위해 다른 선수에게 양보했다는 일화를 듣고, 나는 감동했다. 이러한 선량한 마음이 있었기에 축구선수로서 최고의 영예를 얻을 수 있었던 것이다.

착한 줄 알았는데 사실 알고 보니 그렇지 않다는 사실이 뒤늦게 드러나면 어떻게 될까? 대중은 무섭다. 자비가 없다. 아무리 실력이 뛰어나고 대단한 능력으로 놀라운 업적을 이루었다 해도 그 인성에 사악한 요소가 발견되면 사람들은 매몰차게 등을 돌린다. 인기와 명성은 급격히 곤두박질친다. 학폭으로 한순간에 배구계에서 퇴출당한 쌍둥이 자매를 보라. 한때는 잘나갔지만 동료 선수에 대한 욕설과 험담, 고의적 충돌 등 나쁜 행실이 폭로되면서 추락한 쇼트트랙 선수도 있다.

이제는 착하지 않으면 성공할 수 없다. 악한 모습이 조금이라도 보이면 그걸로 사회에서 매장될 수 있다. 세상 참 많이 변했다. 옛날에는 '이 정도쯤이야' 했던 것이 요즘에는 용납되지 않는다. '이까짓 것'으로 여기다가는 큰일 난다. 세상은 착한 사람들의 무대로 급격히 바뀌어가고 있다. 우리는 이를 여실히 체감할 수 있다. 그런데도 여전히 '착하면 바보'라는 생각에 사로잡힌 사람이 많다는 사실은 참으로 이상할 정도이다.

이제는 오히려 착해지지 않으면 살아남지 못한다. 착해지지 않고서는 밥 벌어먹고 살기도 힘든 세상이 되어가고 있다. 우리나라의 어디든 가보라. 친절하지 않은 곳이 없다. 심지어는 법원이나 검찰청에 가도 친절하다. 십수 년 전만 해도 그런 데 가면 아무 잘못도 하지 않았는데 마치 범죄자인 양 두렵고 떨리는 마음으로 드나든 기억이 있다. 그런데 요즘에는 너무 친절해서 오히려 어리둥절할 정도이다.

정치판도 달라지고 있다

우리 사회에서 가장 착하지 않은 곳이 있다면 아마도 정치권이 아닐까. 정치란 이전투구, 즉 진흙탕 싸움이 벌어지는 곳이다. 목적을 위해서라면 눈에 뵈는 게 없는 것처럼 무섭게 싸운다. 국민을 위한다지만 표면상 내세우는 소리일 뿐 자기 이권에만 목을 맨다. 그 이상도 이하도 아니라고 해야 할 것이다. 한마디로 정치판은 나쁜 사람들의 판이고, 나쁠수록 오히려 유리하다. 그러니 아무나 정치하는 것이 아니라고 생각한다.

그런데 놀랍게도 정치판조차 예전과는 확연하게 달라지고 있다. 진실이 점점 통한다. 속이고 거짓말하고 변절하고 부정을 저지르는 사람은 갈수록 설 자리를 잃는다. 항상 도마에 오르는 것이 도덕성 검증이다. 부동산 비리, 거짓증거, 부정행위, 입시 비리, 그 밖의 위법 사항은 정치생명과 직결된다. 그러니 결격사유가 많으면 아예 정치판에 발을 들여놓을 생각조차 하면 안 된다. 정치계도 점점 착한 사람들이 훨씬 더 유리한 쪽으로 흘러가고 있다.

우리가 사는 세상에는 착함이라는 거대한 물줄기가 굵은 흐름을 이루며 흐른다. 그 물줄기는 처음에는 잔잔하게 흐르다가 점점 더 거세지고 있다. 어느 누구도 그 거대한 물줄기를 막을 수 없다. 물이 위에서 아래로 흐르듯 이러한 흐름은 자연법칙이 되어 불가항력적으로 진행되어 간다. 당신은 이 사실을 얼마나 인식하며 살고 있는가?

○
●

세상은 악해지는가, 선해지는가?

우리는 항상 불경기라고 말한다. 불경기가 아닐 때가 거의 없었다. 그런데도 대부분은 잘살고 있다. 그 증거 하나가 항상 사람들로 붐비고 있는 고급 식당들이다. 오히려 예전보다도 손님이 더 늘었다. 그러니까 불경기라고 항상 말은 해도 사실은 불경기가 아니다. 불경기라고 하는 이유는 경기에 대한 기대가 크고 삶의 질에 대한 기대치가 높아졌기 때문이라고 생각한다.

마찬가지 논리로 사람들은 세상은 항상 악하다고 말한다. 어느 때 어느 시대 할 것 없이 세상은 점점 더 악해져 간다고 탄식한다. 예전에는 상상할 수 없었던 범죄들이 생겨나는 것을 보아도 이 말은 설득력을 지닌다. 지금 이 글을 쓰면서 잠깐 인터넷을 보았는데도 이런 기사가 눈에 들어온다.

"14살짜리 소년이 알고 지내던 10살짜리 여자아이를 성폭행하고 죽여서 시체를 유기했다." 우리나라가 아니라 미국에서 일어난 사건이다. 이런 일을 접하면 흔히 "세상은 말세다"라고 한탄한다. 그렇다면 세상은 정말 악해져 가는 걸까?

나는 평소에도 착한 사람이 잘되고, 착한 사람이 성공하며, 착한 사람이 살기 좋고, 착한 사람이 유리한 세상이라고 늘 생각해왔다. 그런데 책을 쓰려고 마음먹고부터는 이러한 소신에 '과연 그럴까?' 약간 의심이 들면서 확실한 점검이 필요하다고 느꼈다. 과연 이 세상은 착한 사람이 살기에 유리한 세상인가? 실제로 그런가? 단지 나의 상상이고 추측이고 바람일 뿐인가?

이에 관한 진실을 명확히 밝혀야만 한다는 생각이 들었다. 착한 것이 아무리 좋은 덕목이라 할지라도 아닌 것을 옳다고 포장할 수는 없기 때문이다. 누구나 공감할 수 있는 명확한 이론적 근거나 통계자료가 필요했다. 그래서 한동안 관련 자료를 찾기에 몰두했다. 그러던 중 다행히도 사막의 오아시스 같은 책을 만났다.

그 책은 세계적인 인지과학자이며 하버드대학 교수인 스티븐 핑커가 쓴 《우리 본성의 선한 천사》이다. 마이크로소프트 창립자 빌 게이츠가 "내 평생 읽은 책 중에 가장 중요한 책"이라고 극찬을 아끼지 않았다. 1,400쪽이 넘는 방대한 양이지만 충분한 이론적 근거를 제공하다 보니 그처럼 두꺼워졌다고 한다. 이 책의 핵심 논리는 "우리가 사는 세상은 점점 폭력이 줄어들고 선해지고 있다"는 것이다. 그래서 지금 우리가 살고 있는 세상은 인류가 지구에 출현한 이래 가장 평화로운 시대라고 한다.

저자는 1만 5천 년 전 고대로부터 현대에 이르기까지 인류의 폭력성이 어떻게 변화되어 왔는지를 각종 통계와 엄청난 자료를 통해 다방면의 시각에서 논증한다. 그러면서 자신도 거듭 놀랐다고 언급한다. 분명한 사실은 고대로부터 현대까지 폭력의 세계적 추세는 하향곡선을 그리고 있다. 물론 폭력의 비율이 잠깐 높아진 시기도 있었지만, 장기적인 인류 역사를 보면 폭력의 감소 추세는 뚜렷하고 단일한 방향으로 가고 있다.

스티븐 핑커는 이에 대한 강력한 증거로 수많은 통계자료를 제시했다. 우선 국가가 생기기 이전과 국가가 형성된 이후 시대를 나누어 비교해보자. 수천 년 전 선사시대 사람들의 유골이 곳곳에서 발견되었다. 그런데 고고학자들이 그들을 자세히 분석한 결과, 한 사람도 예외 없이 모두 타살 흔적이 있었다고 한다. 몸에 화살촉이 박혔다든지, 돌로 된 무기에 맞아 죽었거나 혹은 둔기로 맞아 두개골이 부서졌거나, 흉기로 목이 잘린 시체들이었다. 즉 자연사한 것이 아니라 누군가에게 살해되었다는 이야기다. 그때에는 대부분이 폭력에 의해 죽었다고 할 수 있다.

급격히 줄어든 살인율, 착한 세상이 왔다는 증거

고고학 매장지에서 발굴된 유골들도 분석했다. 국가가 생기기 이전에 아시아 · 아프리카 · 유럽 등 전 세계에 존재했던 수렵 및 원시 농업사회에 속했던 사람들이다. 분석 결과 폭력 때문에 사망한 비율은 평균 14~24.5%로 나타났다. 이후 국가가 생긴 이래 중앙집권화된 권력이 들어서면서 폭력에 의한 사망자를 분석한 결과 5% 이내였다. 1/3 혹은 1/5로 줄어든 것이다. 심지어는 가장 폭력적이라고 할 수 있는 종교전쟁이 벌어졌던 17세기와 두 번의 세계대전이 일어났던 20세기 전쟁에서의 사망률은 각각 2%, 3%로 나타났다. 놀랍지 않은가? 국가 생성 이전에 비해 그 이후에 살인율이 급격히 줄어들었다는 이야기다.

그렇다면 요즘은 어떨까? 저자가 미국에 거주하니까 미국의 통계를 말하고 있다. 2005년은 이라크와 아프가니스탄에서 무장 충돌에 휘말린 바람에 미국의 전사자 수가 수십 년 만에 최악을 기록한 해였다. 그런데도 그해 폭력으로 인한 사망자 비율은 겨우 0.8%에 불과하다. 당연히 다른 서구 나라들은 그보다 훨씬 더 낮다.

28쪽의 위 그래프는 서유럽 다섯 지역에 한정해서 그려진 도표이지만 전체적인 흐름이 명확히 하강 곡선을 그리는 것을 볼 수 있다.

28쪽의 아래 그래프는 중세부터 현대에 이르기까지 사람들이 얼마나 살인을 많이 했는지 시대별로 보여준다. 쉽게 알 수 있는 사실은 과거보다 현재 살인율이 급격히 감소하고 있다는 것이다. 중세 때는 살해당한 사람의 수가 연간 10만 명당 35명이었지만 현재는

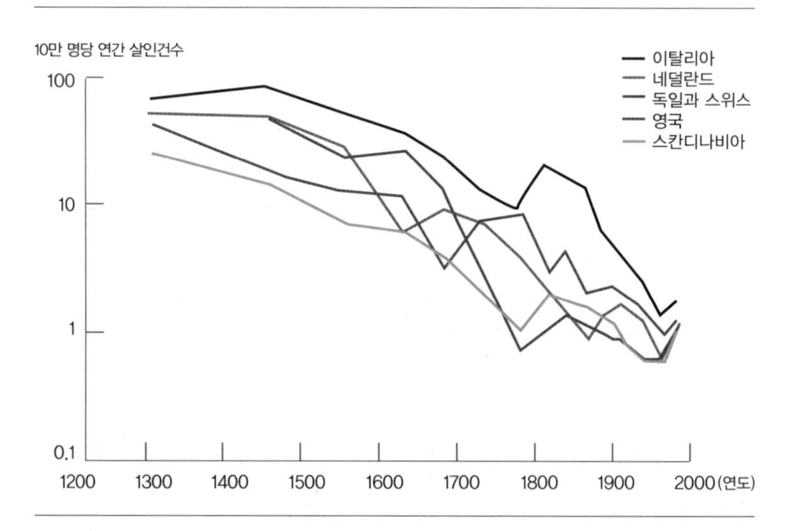

그림_서유럽의 살인율, 1300~2000년

출처: 《우리 본성의 선한 천사》

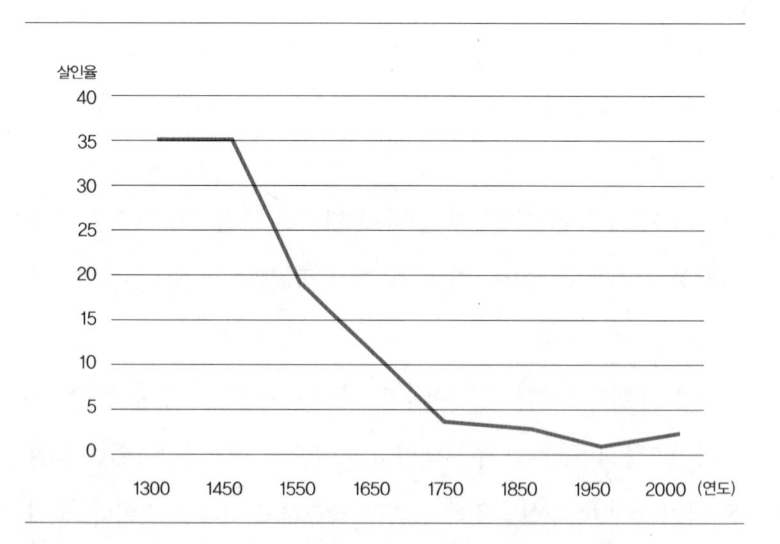

그림_유럽 사회에서 인구 10만 명당 연간 살인율의 장기적 감소_세기당 평균 추정치

출처: 《우리 본성의 선한 천사》

1명 혹은 2명밖에 안 된다. 우리나라는 1명도 안 된다. 그리고 중세 때는 살해 방법도 지금보다 훨씬 잔인하다. 너무나 잔인하고 끔찍해서 구토가 나올 지경이다.

당시 사람들은 마치 경쟁이라도 하듯 사람을 잔인하게 죽였다. 목을 자르는 참수는 가장 점잖은 방법이다. 피부를 벗겨서 죽이든지 혹은 창자를 다 꺼내서 본인이 그것을 보게 하면서 죽였다. 팔다리를 각각 4마리 말에 묶은 다음, 말을 채찍질해서 사지를 찢어 죽이기도 했다. 심지어 막대기를 항문으로 찔러서 입으로 나오게 해서 죽였다. 사람을 눕혀놓고 그 위에 무거운 물건을 올려놓아 압사시켰다. 그밖에 잔인한 살해 방법이 수없이 많았다. 이 세상에 생존하는 동물 중 동족을 이렇게 잔인하게 살해하는 동물은 인간밖에 없다고 주장하는 학자들도 있다. 요즘에는 이처럼 잔인하게 사람을 죽이지 않는다. 그러니까 오늘날의 사람들이 훨씬 더 선해진 것이다.

미투운동과 동물 사랑의 의미

세상이 점점 선해지고 있다는 증거 중 가장 두드러진 2가지 현상이 있다. 하나는 미투운동이요 다른 하나는 동물 사랑이다. 한때 미투운동이 전 세계를 휩쓸었다. 유명 시인, 영화감독, 방송인은 말할 것도 없고 대학교수, 정치인, 검사, 판사, 중견 기업의 회장 등 저명 인사들이 미투운동이 진행되는 동안 통나무 넘어지듯 바닥으로 쓰러졌다.

불과 얼마 전만 해도 그 정도의 성희롱은 일상에서 쉽게 접하는 일이었다. 물론 누가 보더라도 분노스러울 정도로 잔혹한 성범죄를 저지른 몇몇 사람을 예외로 하면 말이다. 그러나 지금은 전혀 아니다. 우리는 성적감수성을 높여야만 한다. 그렇지 않으면 자기도 모르는 사이에 성범죄자로 감옥에 끌려갈 수 있는 세상이 되었다.

옛날에는 아무렇지도 않은 일들이 지금은 결코 아무렇지 않은 일이 아니다. 심지어 "예쁘다"라는 말을 잘못 사용하면 성희롱에 걸려 형사 처벌을 받을 수도 있는 세상이다. "예쁘다"는 정말 좋은 말이지만 어떤 정황에서 어떤 말투로 사용되느냐에 따라 받아들이는 사람은 하늘과 땅 차이로 느낀다. 그 말이 상대에게 성적 불쾌감을 느끼게 한다면 명백한 성희롱이다.

이런 정황은 우리 사회의 윤리 도덕 수준이 높아져 간다는 의미이다. 다른 말로 하면 착한 사람이 살기 좋은 세상으로 급속도로 바뀌고 있다는 뜻이다.

최근에는 동물 사랑이 화두이다. 나는 반려동물을 키우지 않지만 많은 가정들이 집에서 반려동물을 기른다. 한 가정의 식구들이 적어서 키우기도 하겠지만 동물을 가까이하고 사랑하는 사람들이 많아진 것이다. 개를 함부로 때리거나 굶겨서는 안 되며, 부득이하게 죽일 때도 반드시 안락사를 시켜야 한다. 내가 어릴 적만 해도 사람들은 집에서 기르던 개를 여름이 되면 잡아서 먹기도 했다. 개를 잡을 때는 동네 냇가의 다리에 목매달아 때려죽여서 장작 위에 올려놓고 털을 그을린 다음에 먹었다. 주변에서 흔하게 볼 수 있는 일이었다. 그런 경험을 한 아이들은 슬픔과 충격을 견디지 못하고 며칠 동안 입맛을 잃고 울었다.

이런 일들이 요즘 벌어진다면 어떻게 될까? 상상하기도 어렵다. 그야말로 격세지감이다. 그만큼 사람의 심성이 선량해진 것이다. 그럼에도 왜 대부분의 사람들은 아직도 이 세상이 악해져 간다고 생각할까? 몇 가지 이유를 생각해볼 수 있다.

우선 착시현상이다. 우리는 옛날 있었던 일은 잘 기억하지 못하며, 대부분 좋은 이미지로 각색되어 있기 쉽다. 그러나 최근 일어난 일은 또렷하게 기억하기 마련이다. 더구나 충격적인 사건, 잔인한 이야기는 몇 배 더 부풀려져 각인되기 쉽다. 특히 방송 매체들이 어떻게 보도하느냐에 따라 아주 엄청난 사건이 되기도 하고 인간 사회에서 있을 수 없는 매우 끔찍한 사건으로 알려지기도 한다. 요즘에는 미디어들이 대중의 주목을 끌기 위해 더욱 자극적으로 보도하기 때문에 사람들이 더 잔인해져 간다고 느끼는 것이다. "유혈이 낭자하면 톱뉴스가 된다"는 모토에 따라 미디어가 그 믿음을 부추기기 때문이다.

또한 역으로 말하면, 최근에는 예전과 같은 끔찍한 일들이 별로 일어나지 않기 때문에 어쩌다 한 번 일어나면 몇 배 더 큰 관심과 충격으로 다가온다. 지저분한 종이 위에 구정물이 묻으면 별 느낌 없지만, 깨끗한 흰 종이에 구정물이 튀면 몇 배 더 지저분해 보이는 것과 같은 현상이다. 또한 우리의 윤리 도덕 관념이 높아졌기 때문에 조금 악한 일이라도 예전보다 훨씬 더 나빠 보인다. 또 하나를 덧붙이자면, 세상은 악해져 간다고 너무 자주 듣다 보니 그것이 사실처럼 되어버린 것이다. 당연히 세상은 점점 악해지고 있다고 굳게 믿게 된 것이다.

그러므로 추측만 따라가거나 느낌을 좇아서는 안 된다. 착시에서 벗어나 사실적 통계와 실증적 자료만을 믿어야 한다. 세상은 점점 선해지고 있다. 착한 사람들이 더 살기 좋은 세상이 되어가고 있다. 점점 더 아름다운 세상이 되고 있다.

○
●

마지막까지 살아남는 자는 누구인가?

이 세상에 살아있는 모든 것은 생존을 목표로 한다. 생존보다 중요한 것은 없다. 생존하기 위해 존재한다. 생존하기 위해 먹고 생존하기 위해 번식하고 생존을 위해서 치열한 싸움을 벌인다. 그리고 살아남는 자만이 종족을 유지한다. 말이 이상하지만 모든 생명체는 생존하기 위해서 생존한다.

사람도 마찬가지라고 생각한다. 성공이란 생존이다. 행복도 생존이다. 생존하지 않으면서 성공을 말할 수 없고 생존하지 않으면서 행복하게 살아갈 수 없다. 그래서 우리는 생존하기 위해 아침부터 저녁까지 치열하게 경쟁하고 죽어라 일하고 온갖 고생을 다한다. 그렇다면 누가 마지막까지 생존하고 최후에는 누가 성공하는가? 흔히 착하면 생존하기 힘들다, 착한 사람은 무력하다, 이런 말을 수없이 많이 들어왔다. 정말 그럴까?

야생동물의 세계는 그야말로 약육강식이다. 가혹할 정도로 적자

생존의 법칙이 통하는 곳이다. 그래서 우리는 흔히 최상위 포식자가 오래 살아남는다고 생각한다. 사자가 자기보다 덩치가 큰 얼룩말을 추격해 쓰러뜨리고 김이 모락모락 나는 고기를 뜯어먹는 모습을 영상으로 접하면, 상식적으로는 얼룩말은 사라지고 사자가 오래 살아남는다고 생각하기 쉽지만 그렇지 않다. 통계를 보면 사자는 이미 멸종되어가고 있는 반면 얼룩말의 개체 수는 거의 줄지 않았다. 수명도 사자가 얼룩말보다 짧아서, 얼룩말은 평균 25~35년을 사는데 사자는 10~15년밖에 살지 못한다.

힘세고 덩치 큰 동물들이 더 오래 생존하지 못하고 사라지는 이유는 무엇일까? 생태학자들은 크게 2가지 이유를 든다. 하나는 동물 생존의 가장 중요한 요소는 식량인데 맹수들은 먹잇감이 제한되어 있기 때문이란다. 그래서 먹이를 구하기 쉽지 않고 늙으면 더욱 힘들어져 수명을 오래 유지하기 어렵다. 상대적으로 초식동물은 언제 어디서든 먹이를 쉽게 구할 수 있고 늙어서도 큰 어려움이 없어서 오래 살 수 있다.

또 다른 결정적인 이유는, 먹이를 얻기 위한 투쟁에서 오는 스트레스 때문이다. 맹수들은 먹이를 구할 때마다 목숨을 거는 사투를 벌여야 한다. 이는 엄청난 스트레스이다. 맹수들은 싸움을 위한 스트레스를 평생 짊어지고 살아야 한다. 또 먹이를 구하는 데 굉장한 에너지를 소모해야 하기 때문에 초식동물보다 훨씬 더 많은 칼로리를 섭취해야 하는 부담도 있다. 반면 초식동물은 먹이를 구하기 위한 스트레스가 현저히 적어서 평화롭고 한가하다. 오히려 무리를 지어 다니면서 맹수의 공격에 방어하고 서로 도와 더 쉽게 먹이를 얻을 수 있다.

자연이 만들어놓은 생존법칙

맹수가 오래 살지 못하는 것, 연약한 초식동물이 오래 사는 것, 결국은 자연이 만들어놓은 법칙에 따른 것이다. 세상은 자연이 만든 생존법칙에 따라 돌아간다. 자연은 사납고 투쟁적인 생명체가 살기에는 부적절하지만, 공생하고 협력하는 생명체는 종족을 보존하고 생존하기에 매우 유리한 조건으로 만들어져 있다. 맹수들이 살기에는 적절치 못한 세상이고 초식동물이 살기에는 적합한 세상이다.

그렇다면 사람은 어떤가? 맹수에 해당하는 사람이 있고 초식동물에 속하는 사람이 있다. 물론 모든 사람을 딱 이분법으로 구분할 수는 없지만, 성향을 살펴보면 사납고 투쟁적이고 남을 짓밟으면서까지 생존하려는 사람이 있고, 타인과 공존하고 서로 도우면서 자신을 유지하려는 사람이 있다. 어느 쪽이 더 오래 살아남을까? 직장에서, 사회에서 누가 더 생존하기에 유리한 조건일까? 사람 역시 자연의 생존법칙을 벗어날 수 없다.

김경일 교수의 책 《적정한 삶》에는 영국의 생물학자 토마스 허슬리가 쓴《진화와 윤리》를 인용한 다음 내용이 나온다. 고대 로마 제국에는 검투사라는 직업이 있었다. 흔히 전쟁 포로나 노예들 혹은 범죄자들이 그 일을 했지만 자유인도 돈을 벌기 위해 뛰어들기도 했다. 검투사는 사나운 맹수들과 싸우거나 사람과 목숨을 걸고 결투를 벌이기도 했다. 그래서 체격이 빼어나야 하고, 싸움을 잘해야 하며, 사납고 무자비하고 짐승처럼 힘이 세야 한다.

여기서 질문 하나! 원형 경기장을 가득 채운 수많은 사람 중 가장 오래 살아남을 수 있는 사람은 누구일까? 대부분 검투사라고 대답할 것이다. 가장 힘이 세고 싸움을 잘하며 잔인하기 때문이다. 그러나 검투사가 가장 일찍 죽는다. 가장 오래 살아남아 싸운 사람의 경기 기록은 40번이었다. 게다가 싸움의 후유증으로 후손도 제대로 남기지 못하고 사라진다.

그렇다면 누가 가장 오래 살아남을까? 평범한 관중들이다. 힘이 세지 않기 때문에 검투사가 되어 싸울 일도 없고, 누가 그들을 죽이려 하지도 않으며 후손도 번식해나간다. 그래서 항상 평범한 대중의 숫자가 가장 많다. 자연이 만들어놓은 생존의 법칙은 우리의 상식을 초월한다. 싸움 잘하는 사람이 살아남는 것이 아니라, 착하고 평범하게 사는 사람들이 마지막까지 살아남는다.

아내는 항상 자기가 먼저 갈 것이니까 미리 대비를 잘해놓으라고 내게 말한다. 그러면 나는 반사적으로 늘 이렇게 말한다.

"그럴 염려는 꽉 잡아매시라고. 그래도 내가 먼저 간다고. 여자는 매일 골골하면서 오래오래 산다고……."

아내는 걸어다니는 종합병원이다. 그래도 나는 아내가 나보다 오래 살 거라고 생각한다. 나는 선천적으로 약하다. 지금 안 아픈 것은 억지로 건강을 가식하고 흉내 내는 것이다. 반면 아내는 강골이고 원래 건강하다. 지금 아픈 것은 일시적 현상일 뿐 결국은 오래 살 체질이다. 더구나 나는 남자다. 남자는 건강한 것 같아도 언제 어느 순간 무너질지 모른다.

여자가 오래 사는 이유를 "잘 웃기 때문에"라고 하는 사람도 있다. 여자들은 별것 아닌 이야기에도 까르르 웃지만 남자들은 웬만한 우스운 이야기에도 여간해서는 웃지 않는다. 그래서 대중 강연을 하는 강사들이 가장 싫어하는 집단이 남자들만의 모임이다. 왜 웃지 않을까? 남자는 웃는 것도 계산하고 웃는다. 웃어야 할 자리인지 아닌지, 웃어야 유리할지 불리할지 주판을 튕기는 것이다. 이 얼마나 피곤한 삶인가?

남자가 일찍 죽는 이유는 솔직할 수 없는, 참으로 복잡하고 골치 아픈 세계에 살기 때문이다. 경쟁과 투쟁, 생존을 위한 몸부림, 이것이 그들의 DNA에 새겨진 본능이다. 그러나 여자는 그렇지 않다. 또한 잘 웃고 잘 울고 수다도 잘 떨며 감정 표현이 풍부하다. 그럴 때마다 몸에 쌓인 노폐물이 다 씻겨 내려간다. 그러니 오래 살 수 있지 않을까.

맹수가 초식동물보다 일찍 죽는 것이나 남자가 여자보다 일찍 죽는 것이나 유사한 형태이다. 강하다고 오래 남는 것이 아니며 약하다고 일찍 사라지는 것도 아니다. 이 세상은 역설적이다. 약한 자가 강한 자를 이긴다. 착한 자가 교활한 자를 압도한다. 결국은 착한 자가 마지막까지 살아남는다. 착한 자들이여, 용기를 잃지 말라!

○
●

정직하면 손해 본다는 착각

AD 4세기 경 활동한 어거스틴이라는 유명한 성자가 있다. 어머니 모니카에게 감화를 받아 회심하고 성자가 된 사람인데, 사실은 그의 아버지 패트리커스가 더 대단했다. 패트리커스가 하루는 여행길에 올랐다. 아내 모니카는 가다가 혹시 도적을 만나 다 빼앗기면 비상금으로 쓰라고 속옷 옷깃 속에 금 몇 돈을 넣어주었다. 아니나 다를까 산길에서 산적과 마주쳤다.

"가진 거 전부 다 내놔!"

"여기 있습니다."

"이게 다야?"

"네, 이게 전부입니다."

산적들은 패트리커스의 몸을 뒤졌으나 금을 찾아내지 못해서 그냥 보내주었다. 길을 가던 패트리커스는 아내가 넣어준 금 몇 돈이 생각났다. 산적들에게 거짓말을 했다는 생각에 괴로워진 그는 산적들을 찾아 되돌아가서는 금을 꺼내주었다.

"아까는 가진 걸 모두 드린 줄 알았는데 가다가 이게 생각나서 가져왔습니다."

산적 두목이 껄껄 웃었다.

"내 평생 산적생활을 하면서 이런 놈은 처음 보았다. 얘들아, 아까 빼앗은 걸 다 돌려줘라."

과연 사실일까 싶을 만큼 놀라운 이야기이다.

2001년 고려대학교에서 〈고대신문〉 창간 54주년을 맞이해 고대생 259명과 7개국 대학생들을 대상으로 설문조사를 실시했다. 여러 문항 중에 "'정직하고 착하면 성공한다'라는 말에 동의하는가?"라는 항목이 있었고 80.2%가 "아니오"라고 답했다. 당시 고대생뿐 아니라 20년이 지난 지금도 수많은 사람들이 이 질문에 "아니오"라고 답할 것이 분명하다. 나는 지금 "정직하고 착하면 성공한다"고 억지로 주입시키려는 것이 아니다. 단지 명백한 사실을 그대로 알려주고 싶다.

내게 가장 큰 감동을 준 책이 있다. 나는 심리학을 연구하는 사람이 아니지만 그 내용의 일부를 외우기 위해 그 책을 읽고 또 읽었다. 캐나다의 이기범 교수와 마이클 애쉬튼 교수가 쓴 《H 팩터의 심리학(정직함의 힘)》이다. 정직하고 착한 사람들에게 희망을 제시하는 이 책은, 막연히 착한 사람이 유리하다고 말하지 않고 심리학적으로 그 이유를 정확히 분석한다.

정직성(H팩터)이 모든 성격의 좋고 나쁨의 열쇠가 된다는 것이 이 책의 핵심이다. 그동안 학계에서는 다양한 인간의 성격을 분석하는 5가지 요소(Big 5)가 있다고 했다. 그런데 이기범 교수는 5가지로 다 해결할 수 없는 것이 있다고 주장하며 가장 중요한 한 가지, 정직성을 추가하여 6가지를 말한다(HEXACO 성격모델). 5가지 요소인 정서성, 외향성, 원만성, 성실성, 개방성은 좋다 나쁘다를 결정짓지 않는다. 즉 외향적이거나 내향적이거나 어느 것이 좋거나 나쁘다고 말할 수 없다. 왜냐하면 상황에 따라 각각의 강점과 약점이 드러나기 때문이다. 외향적이든 내향적이든, 감정적이든 이성적이든, 개방적이든 폐쇄적이든 어느 것이 더 좋다 나쁘다고 함부로 단언할 수 없다. 그러나 여기에 정직성이 있느냐 없느냐에 따라 결과는 완전히 달라진다. 모든 성격적인 요소에 정직함이 있으면 긍정적인 쪽으로 발휘되지만, 정직함이 없으면 모든 요소가 부정적인 쪽으로 작용한다.

정직함은 좋은 것을 더 좋게 만든다

예를 들어 정서성이 낮은 사람, 즉 감정적으로 둔한 사람이 부정직하다면 어떻게 될까? 자기 욕심을 위해서는 무슨 일이든 겁 없이 뛰어든다. 반대로 감정적으로 예민한데 부정직한 사람은 교활한 여우가 된다. 남들이 눈치채지 못하게 은밀한 방식으로 자기 이익을 챙긴다. 외향적인 사람이 부정직하면 남에게 주목받고 자기를 과시하기에 안달이 난다. 남에게 군림하는 왕초가 되는 것이 목표다. 반대로 내향적인 사람이 부정직하면 과묵한 것 같지만 속으로는 거만하고 응큼하다. 온갖 음모와 술수를 꾸며낸다.

성격이 원만하지 못한 사람이 부정직하면 복수심 강하고 이기적인 싸움닭이 된다. 반면 성격이 원만한 사람이 정직하지 않으면 능글능글한 아부꾼이 된다. 성실한 사람이 부정직하면 어떻게 될까? 몇 년간 꼬박꼬박 공금을 횡령했다가 회사가 무너질 만할 때가 되면 그것을 갖고 도망친다. 성실하지 않은 사람이 정직하지도 않으면 최악의 경우이다. 게으르고 일처리도 제때 못하면서 미안한 마음도 없고 월급은 다 받아야 마땅하다고 생각한다.

지금까지 여러 가지 성격에 정직하지 않은 경우만 이야기했다. 그렇다면 이 모든 성격 요소에 정직하면 어떻게 될까? 여러 말이 필요 없다. 위와는 반대로 긍정적 요소가 대폭 늘어나기 때문이다. 그러므로 그 사람이 어떤 성격인지보다 훨씬 더 중요한 것은 그 사람이 정직한지 아닌지이다.

나는 정직이 성격 심리학의 5가지 요소에만 적용되는 것이 아니라 인간 만사 모든 부분에 다 적용된다고 생각한다. 말을 잘하는 사람이 부정직하면 어떻게 되겠는가? 사기꾼이 될 것이다. 청산유수 같은 말로 사람들을 속이고 자기 이권만 챙길 것이다. 그러나 말 잘하는 사람이 정직하면 그 말로 사람을 감동시키고 용기와 위로를 주고 희망을 갖게 하고 바른 길을 인도할 것이다.

이 세상에는 4종류의 사람이 있다. 능력 있고 정직한 사람, 능력 있고 못된 사람, 능력 없고 정직한 사람, 능력 없고 못된 사람이다. 네 사람 중에서 누가 가장 나쁜 사람일까? 능력 없고 못된 사람? 아니다. 가장 나쁜 사람은 능력 있고 못된 사람이다. 이런 사람은 자기가 가진 능력을 못된 쪽으로 사용한다. 능력 없고 못된 사람은 능력이 없으므로 못된 것이 영향을 끼치지 못한다. 그러나 능력 있고 못된 사람은 그 능력이 못된 쪽으로 크게 발휘되기 때문에 사회에 악영향을 끼친다.

여기서 우리는 정직함이 주는 긍정적 영향력이 얼마나 대단한지 알 수 있다. 정직하지 못할 때 그것이 가져오는 부정적 영향력 또한 얼마나 막대한지도 알 수 있다. 그런데도 사람들은 여전히 정직하고 착하면 손해 본다고 말한다. 그들에게 해줄 수 있는 한마디가 있다.

"지금 당장은."

지금 당장은 부정직한 것이 유리할 수도 있다. 그러나 인생은 마라톤이다. 지금 당장 좋다고 결코 좋은 것이 아니다. 우리는 인생 전체를 바라보아야 한다. 정직함은 삶에 탁월한 플러스 요인이다. 정직함은 행복을 가져오는 열쇠다. 정직함은 성공을 만드는 복덕방망이다. 모든 사람을 화해와 화목으로 이끄는 요술램프다. 정직함은 만사를 잘되게 하는 비밀병기다.

○
●

성공의 요인 제1위는?

사람들의 제일 관심사는 성공이다. 어떻게 하면 성공할 수 있을까? 그 비결을 안다면 얼마나 좋을까! 그래서인지 성공의 비결을 알려주는 책들이 산더미처럼 쏟아져 나온다. 그런데도 성공에 이르는 사람은 많지 않다.

미국 조지아 주립대학의 토머스 스탠리 박사는 어떻게 하면 부자가 되고 성공할 수 있는지 연구 조사를 시작했다. 그는 인구통계학자에게 부탁해 전국 22만 6,399개의 동네에서 1차적으로 5,063가구를 선정하고 그중에서 설문에 응답한 733가구의 백만장자를 추려내 표본으로 삼았다. 이후 여러 단계를 거쳐 그들이 부자가 될 수 있었던 성공 요인들을 조사하고 그 자료를 중심으로 쓴 책이 《백만장자 마인드》이다.

치밀한 연구와 과학적 데이터를 통해 밝혀진 백만장자들의 성공 요인 1위는 무엇일까? 학벌은 아니었다. 부모에게서 물려받은 재산도, 행운도 아니었다. 그 결과는 우리의 상식을 뛰어넘는다. 백만장자들의 성공 요인 1위는 '정직'이었다. '자기관리'도 공동 1위로 나타났다. 물론 미국적 배경에서 조사했기 때문에 우리와는 다를 수 있다. 그러나 선진국 반열에 들어선 우리나라도 이제는 크게 다르지 않으리라 본다.

앞서 우리는 "정직하면 유리한가, 불리한가? 손해 보는가 아닌가?"에 대해 살펴보았다. 이 정도로도 논란이 분분한 마당에 이와 같은 결과는 상당히 충격적이다. 정직이 성공 요인의 1위라니! 미국에서는 이런 주제로 이야깃거리조차도 되지 않는다는 뜻이다. 이제 우리나라도 이러한 추세로 가고 있다. 성공하고 싶은가? 그렇다면 이제부터 정직하지 않고 성공할 생각은 꿈도 꾸지 말아야 한다. 오늘부터 '정직'이라는 두 글자를 쪽지에 적어 지갑에 넣고 다니든지, TV나 냉장고에 붙여놓고 정직을 새롭게 인식해야 한다.

정직의 시험대 위에서 갈등하지 말라

얼마 전 나는 정직의 시험대 위에 놓였고 결국 그 시험을 통과했다. 당연하지만 결코 쉽진 않은 일이었다. 나의 승용차는 연식이 오래되어 고장이 잦았는데, 어느 날 대형마트 주차장을 오르다가 비탈길 중간에서 멈춰서고 말았다. 내 차 때문에 주차장에 오르던 수많은 차들이 일제히 멈춰야만 했다. 아무리 시동을 걸어도 차는 움직이지 않았다. 그 순간처럼 난처하고 황당한 적이 없었다. 이런 일이 두 번이나 있었다.

카센터에 문의했더니 엔진오일이 없어서란다. 이유는 모르겠지만 엔진오일이 계속 샌다고 했다. 치명적인 결함이라서 엔진 보링을 하거나 아니면 이 차를 팔고 다른 차를 사야 한다고 했다. 가족과의 논의 끝에 결국 새 차를 사기로 했다. 그런데 보링을 하지 않은 상태에서 차를 판다는 것이 마음에 걸렸다. 내 차를 산 운전자가 아무것도 모르고 운행하다가 나처럼 엄청 고생할 게 분명하기 때문이다. 그런데 차량 매매업자도, 주변 사람들도 이구동성으로 "그건 상관할 바 아니다. 차량매매 업소에서 알아서 수리해서 팔 테니까 당일에 엔진오일을 가득 넣고 팔면 된다. 보통 다 그렇게 한다"라고 말했다. 그러면서 나에게 "세상에, 중고차를 팔면서 자기 돈 들여 고쳐서 파는 사람이 어디 있냐"고 했다.

그러나 나는 차량의 고장 사실을 숨기고 파는 것이 영 마음에 걸렸다. 수리비 180만 원 때문에 평생 양심에 거리끼는 일을 짊어지고 살고 싶지 않았다. 약간의 갈등이 있었지만 단호하게 나가야겠다고 생각했다. 그리고 얼마 후에 엔진 보링을 했다. 얼마나 마음이 후련했는지 모른다.

노숙자 빌리 이야기

우리는 살면서 수많은 정직의 시험대에 오른다. 그때마다 승리를 연습해야 한다. 작은 시험부터 이기는 연습을 하면 큰 시험도 능히 이길 수 있다. 시험을 이기는 길이 인생을 승리하는 길이다. 그리고 성공을 향한 가장 확실한 길이다. 결국 그것이 나의 인생과 운명을 결정한다.

미국 캔자스시티에 사는 노숙자 빌리는 누추한 몰골로 구걸하며 지냈지만 착하고 정직한 마음을 가지고 있었다. 2013년 어느 날 사라라는 여성이 길거리에서 구걸하는 빌리에게 다가왔다. 그녀는 지갑을 열어 그 안에 있는 동전들을 모두 빌리 앞에 놓인 컵에 쏟아부어 주었다. 몇 시간 뒤 집에 돌아온 사라는 엄청난 실수를 저질렀다는 사실을 깨달았다. 지갑 안에는 약혼자가 선물한 값비싼 약혼반지가 들어 있었던 것이다. 그녀는 황급히 빌리가 있던 곳으로 달려갔지만 그는 이미 종적을 감춘 뒤였다.

그 사이 빌리는 보석 가게를 찾아갔다. 컵에 있던 반지가 진짜인지 궁금했기 때문이다. 보석가게 주인은 반지를 한참 들여다보더니 진짜 다이아몬드라고 말하며, 실거래 가격으로 4,000달러(약 480만 원)라고 했다. 그러면서 반지를 자기에게 팔라고 했다. 빌리는 순간 갈등했다. '그 돈만 있으면 지긋지긋한 노숙자 생활을 벗어날 수 있을 텐데….' 그러나 빌리는 고개를 가로저었다. 잠깐 고민했지만 어떻게 해서든 반지를 돌려줘야겠다고 마음 먹었다.

다음 날 사라는 절실한 마음으로 다시 빌리를 찾아갔다. 여느 때처럼 빌리는 그곳에 앉아 있었다. 사라는 초조한 마음으로 혹시 자신을 기억하는지 물었고, 빌리는 조용히 고개를 끄떡이면서 주머니에서 반지를 꺼내 사라에게 건넸다. 반지를 돌려받은 사라는 울컥 울음을 쏟을 뻔했다.

정직한 빌리에게 큰 감사를 느낀 사라와 약혼자는, 그를 위해 무언가를 하고 싶은 마음이 들었다. 그래서 그들은 빌리를 위한 모금 활동을 시작했다. 기적처럼 찾아온 횡재를 거부하고 반지를 돌려준 정직한 노숙자의 사연은 금방 수많은 사람들에게 전달되어 감동을 불러일으켰다. 모금을 시작한 지 얼마 되지 않아 무려 2억 3천만 원이 모였다. 그야말로 기적이 일어난 것이다. 그 돈은 고스란히 빌리에게 전달되었고 이후 그는 새로운 삶을 시작했다. 이 이야기가 매스컴에 알려지자 16년 동안 연락이 끊겼던 형제들과도 재회할 수 있었다. 그가 죽었다고 생각했던 가족들을 다시 만나는 기쁨도 누렸다. 답답한 현실을 매일 접해야 하는 우리의 속을 시원하게 해주는 청량제 같은 이야기이다.

정직만큼 부유한 유산도 없다

정직하게 살기는 참 힘들다. 그래서인지 대중은 착하고 정직한 사람에게 환호를 보낸다. 순수하고 때 묻지 않은 사람에게 열광한다. 그런 사람에게 행운이 찾아오며 결국 그들이 성공한다. 하지만 이는 단순한 운이 아니라 뿌린 대로 거두는 자연의 원리요 인간 삶의 법칙이다. 사악하고 어두운 세상에 살기에 그 반대인 깨끗하고 정직한 것에 굶주려 있다. 그런 사람들을 만나고 그들과 함께하기를 갈망한다. 아무리 세상이 어둡고 험해도 사람의 심성 깊은 곳에는 여전히 착함과 정직에 대한 애틋함이 존재하기 때문이다.

정직이 성공 요인 1위가 될 수 있는 이유는 간단하다. 사람들이 정직한 사람을 좋아하기 때문이다. 왜 정직한 사람을 좋아할까? 그들과 함께하면 결코 손해 볼 일이 없다는 확고한 믿음이 있기 때문이다. 이것을 '신뢰'라는 말로 표현하겠다. 함께하면 손해 볼 일 없고 이득 볼 일만 있다는데 그런 사람을 누가 좋아하지 않겠는가? 그러니 그가 하는 사업, 다니는 직장, 만나는 사람들 모두 잘되지 않을 리가 없다.

사람의 가장 큰 자산은 타인의 신뢰이다. 신뢰를 잃으면 다 잃는 것이다. 신뢰를 많이 저축해 놓으면 인생 최고의 자산이 된다. 인생의 저금통장에 신뢰라는 예금이 많이 쌓이면 필요할 때마다 꺼내서 사용하면 된다. 신기하게도 정직한 삶을 고수한다면 신뢰라는 예금고는 아무리 꺼내 써도 결코 금액이 줄어들지 않는다. 착하고 정직한 사람이 성공한다. 아니, 착하고 정직하면 이미 성공한 것이다. 셰익스피어의 말이 떠오른다.

"정직만큼 부유한 유산도 없다."

○
●

주는 사람이 성공에 유리할까, 불리할까?

한 젊은 남자가 비틀거리며 지하철 승강장을 위험하게 걸어간다. 아뿔싸, 발을 헛딛은 그가 선로로 굴러떨어진다. 남자는 의식을 잃고 움직이지 못하는데 전동차가 굉음을 내며 미끄러져 들어온다. 누군가가 그를 구하지 않는다면 열차에 치여 죽을 것이 뻔하다. 내가 그 자리에 있었다면? 내려가서 그를 구할 수 있을까?

나는 두 딸의 아버지다. 내가 죽으면 딸들은 아버지 없는 아이들이 된다. 아내는 어떻게 하나? 내 인생이 여기서 이렇게 끝나도 될까? 하지만 죽을지도 모를 사람을 눈앞에 두고 그냥 지나칠 수 있을까? 누구라도 쉽게 답할 수 있는 일은 아니다.

2007년 1월 2일 웨슬리 오트리는 이런 순간에 망설이지 않았다. 그는 철로 아래로 뛰어내렸지만 속도를 잘못 계산한 바람에 전동차는 생각보다 빨리 다가오고 있었다. 쓰러진 남자를 안전지대로 옮길 여유가 없었지만 그는 결코 포기하지 않았다. 끼이익! 브레이크 소리가 날카롭게 귀를 찢고 전조등이 무섭게 빛을 발한다. 오트리는 쓰러진 남자를 선로 옆에 있는 배수로로 밀친 다음 그 위에 자기 몸을 덮고 땅으로 밀착시켰다. 전동차는 그들 위로 가까스로 지나갔다. 천만다행으로 둘 다 기적적으로 살았다.

남을 위한 희생이 정말 바보 같은 일일까? 생판 모르는 사람을 위해 자기 목숨을 내던지는 행동은 어리석고 무모한 치기일까? 웨슬리 오트리는 결국 손해만 보았을까?

이후 오트리는 뉴욕 시민이 받을 수 있는 최고의 상인 브론즈 메달을 받았다(역대 수상자 중에는 더글러스 맥아더, 무하마드 알리, 마틴 루터 킹 2세 등이 있다). 비욘세 콘서트의 백스테이지 출입증도 받았다. 지프차, 뉴저지 네츠팀의 정규 시즌 입장권도 받았다. 그의 딸들은 장학금과 컴퓨터를 선물 받았다. 그의 가족은 조지 W. 부시 대통령의 연례 국정연설에 귀빈으로 초대받았고 그 자리에서 부시 대통령이 오트리의 희생적인 행동을 칭찬하는 이야기가 미국 전역에 방송되었다.

참으로 감동적인 이야기이다. 착한 사람의 행동, 주는 사람, 베푸는 사람의 삶이 과연 손해일까? 남을 위해 기꺼이 희생하는 행동이 성공에 늘 불리하기만 할까?

우리는 그동안 '착한 사람은 언제나 꼴찌다, 남에게 늘 무엇을 주기만 하면 내게 남는 건 없다, 착하고 이타적인 사람은 항상 이용만 당한다, 남보다 내 이익을 먼저 생각해야 하고, 남에게 나약한 모습을 보이면 성공하기 힘들다' 같은 통념에 사로잡혀 왔고, 지금도 크게 다르지 않다.

성공의 스펙트럼

그런데 이 통념을 송두리째 흔들어버린 사회과학 연구가 있다. 세계 3대 경영대학원으로 꼽히는 와튼스쿨의 최연소 종신교수이자 조직심리학 교수인 애덤 그랜트는 이 문제에 대한 실증적 자료를 제시한다. 10년이 넘도록 '호혜의 원칙과 성공의 상관관계'를 연구한 그는 산업 전반에 걸쳐 다양한 문화권에서 약 3만여 명을 조사했다. 변호사, 의사, 엔지니어, 영업사원, 작가, 컨설턴트, 산업가, 교사 등 각종 분야와 직업군들이 포함되어 있다.

애덤 그랜트는 먼저 저서 《기브앤테이크》에서 사람들을 세 부류로 나눈다. 받는 것보다 주는 것이 많은 사람은 기버(giver), 주는 것보다 더 많이 받기를 바라는 사람을 테이커(taker), 주는 만큼 받고 받는 만큼 돌려주는 매처(matcher)이다. 이 세 부류 중 가장 성공 가능성이 큰 사람은 누구일까?

그랜트는 일반적인 선입견을 완전히 배제하고 연구를 실시했다. 전문엔지니어 160명, 의과대학생 600명, 수많은 영업사원들을 기버, 테이커, 매처로 분류하고 각각의 실적을 살펴보았다. 역시 우리의 예상을 크게 벗어나지 않았다. 가장 밑바닥을 차지한 부류는 기버였다. 남을 더 많이 도운 기술자들은 생산성이 떨어지고 가장 비효율적인 업무 성과를 보였다. 자기 시간을 할애하며 남을 가르쳐 준 의과대학생들의 학점이 가장 낮았다. 남을 이롭게 하려는 데 힘을 쓴 영업사원들은 판매실적이 테이커나 매처보다 2.5배나 낮았다. 기버들의 삶을 연구하는 그에게는 매우 실망스러운 결과였다.

그러나 그랜트는 여기에서 그치지 않고 성공 스펙트럼의 반대편도 살펴보았다. 성공의 사다리에서 가장 밑바닥을 차지한 부류가 기버라면 가장 꼭대기에는 누가 있을까? 그는 깜짝 놀랐다. 가장 꼭대기에도 기버가 있었기 때문이다. 생산성 높은 엔지니어, 최고의 성적을 거둔 의과대학생, 판매실적이 가장 높은 영업사원은 대부분 기버였다. 매처와 테이커는 그 중간에 위치해 있었다. 기버 지수가 높은 의대생은 다른 학생보다 학점이 11% 높았다. 기버인 영업사원은 테이커와 매처보다 연간 50% 더 높은 실적을 올렸다.

이러한 패턴은 어떤 직업군에서든지 전반적으로 나타났다. 남에게 베푸는 사람이 성공에 유리하다는 사실이 사회과학적, 실증적으로 여러 통계와 연구를 통해 명확하게 밝혀진 것이다.(사다리 가장 아래에 있는 기버와 가장 꼭대기에 있는 기버의 차이점에 대해서는 2장에서 자세히 설명하겠다).

기버가 테이커나 매처보다 직업적으로 더 크게 성공하는 이유는 무엇일까? 기버의 성공에는 어떤 특별한 점이 있을까? 이 또한 시대의 급속한 변화와 관련이 있다. 우선 기버가 있는 곳은 모든 업무가 활성화된다. 서로 돕고 베풀고 배려하는 분위기와 환경이 조성되면 모든 일에 큰 시너지 효과가 생길 것은 자명한 일이다.

단기적으로는 테이커가 유리할지 몰라도 장기적으로는 기버가 승리한다. 주는 것은 일순간은 위험을 동반하지만 결국 강력한 힘을 발휘한다. 유명한 호텔경영자 칩 콘리(Chip Conley)는 이렇게 말했다.

"주는 것은 100m 달리기에는 쓸모없지만 마라톤에서는 진가를 발휘한다."

그런데 이러한 이타적 행동이 진가를 발휘하는 데 걸리는 시간이 갈수록 점점 짧아지고 있다. SNS의 발달 등으로 좋은 일은 좋은 일대로, 나쁜 일은 나쁜 일대로 급속도로 퍼져나간다. 누군가 남을 배려하고 희생한 사건에 감동했다면 그 사연은 쉽게 묻히지 않는다. 반대로 누군가 아주 못된 일을 했어도 역시 그냥 묻히지 않고 순식간에 수많은 사람들에게 알려진다. 그러한 테이커의 못된 사연을 알게 된 매처들은 정의의 사도들이기에 그들을 가만 놔두지 않는다. 테이커는 일시적으로는 성과를 낼지 몰라도 다수를 차지하고 있는 매체들에게 공격 받고 순식간에 무너지고 만다. 반대로 기버의 감동적인 행동은 수십 배 수백 배로 되돌려 받는다. 이것이 현대사회에서 기버가 성공하는 이유이다.

지금이 어떤 시대인가? 숨기고 싶은 것까지 금세 알려지는 시대이다. 누가 좋은 사람인지 나쁜 사람인지 다 밝혀진다. 그러니 착한 사람, 베푸는 사람이 성공하는 것은 너무나 당연하다. 진심만이 통한다. 어느 누가 자기 것을 빼앗아 가려는 이기적인 사람과 함께하고 싶겠는가? 자기에게 이득을 안겨주는 사람, 받는 것보다 더 많이 주려고 애쓰는 사람에게 매력을 느끼고 끌리는 것은 인지상정이다. 남에게 베풀기 좋아하는 착한 사람들, 희생하고 양보하고 배려하며 사는 사람들은 희망을 갖기 바란다. 이제 갈등하지 않고, 의심하지 않고 적극적으로 선을 베풀어도 되는 시대이니 말이다.

○
●

지금은 착함이 대세다

부모를 잃고 병든 할머니와 같이 사는 형제가 있었다. 형은 고등학생, 동생은 겨우 7살이었다. 상황이 이렇다 보니 고등학생인 형이 가계를 떠맡아야 했다. 그 와중에 코로나19로 인해서 그동안 해온 아르바이트마저 더는 할 수 없었다. 생계가 위태로운 지경에 이른 것이다. 어느 날, 어린 동생은 치킨을 먹고 싶다고 형에게 울며 떼를 썼다. 주머니를 뒤져보니 5천 원, 형이 가진 전부였다. 우는 동생을 달래려 5천 원을 들고 동생과 함께 치킨 골목에 들어선 형은 창피함을 무릅쓰고 치킨 5천 원어치만 줄 수 있냐고 물었지만 어느 치킨집도 그들을 반기지 않았다. 계속 걷던 형제는 한 치킨가게를 발견하고 그 앞에서 서성거렸다.

마침 코로나 때문에 손님이 거의 없어 밖에 나와 한숨 짓고 있던 박 사장이 형제를 발견했다. 동생이 "치킨! 치킨!" 하며 소리를 질러대고 있어 사장은 대략 상황을 짐작할 수 있었다. 그는 아이들을 들어오라 하여 그 집에서 가장 맛있는 치킨 메뉴를 대접했다. 형은 속으로 '혹시 비싼 것을 주고 어떻게든 돈을 받아내려는 거 아닐까?' 의심하기도 했다. 그러나 치킨을 다 먹고 나자 사장은 활짝 웃으며 "맛있게 먹었어?" 물을 뿐 돈은 받지 않았다.

이후에도 동생은 형 몰래 가게에 찾아와 치킨을 얻어먹었다고 한다. 동생의 머리가 너무 길어 지저분해 보이자 박 사장이 직접 미용실에 데리고 가주기도 했다. 계속 신세를 진다고 생각한 형은 발길을 끊었다고 한다.

약 1년 후, 이 일을 잊지 않고 있던 형은 그 치킨 가게에 대한 사연을 손편지로 적어 본사에 보낸다. 편지를 읽고 큰 감동을 받은 사장은 이 이야기를 자신의 SNS에 올렸고 수많은 사람들이 퍼나르며 화제가 되었다. 네티즌들의 반응은 폭발적이었다. 이런 가게는 '돈쭐'을 내줘야 한다며 주문 쇄도가 이어졌다. 밤낮으로 치킨 주문이 폭주했고, 심지어는 강원도, 부산 등 타지에서도 치킨은 받지 않고 주문만 하기도 했다. 이후 공중파 뉴스에 보도되고 해당 방송국 유튜브 인기 동영상 1위를 차지하면서 이 사연은 온 세상에 알려졌다. 박 사장은 유명 예능 프로그램에 출연하게 되었고 서울시장 표창도 받았다. 이 사연은 바다 건너 일본에까지 소개될 만큼 엄청난 유명세를 치렀다.

어쩌면 그 정도로 대단한 일은 아닐지 모른다. 그런데도 이렇게 폭발적인 대중의 반응이 일어난 이유는 무엇일까? 그만큼 사람들은 선행에 목말라 있다는 뜻이다. 남에게 베푸는 사람, 남을 위해 자신을 희생하는 삶에 대해서 굶주려 있다는 이야기이다. 흔히들 착한 사람은 어리석다, 착하면 손해 본다, 남보다 자신부터 챙겨라, 그래야 이 험한 세상 살 수 있다고 말하며 훈계하지만, 실제로 우리의 심정 깊은 곳에서는 착함에 대한 간절한 목마름이 있다는 증거이다.

대중은 선함에 매료된다. 착한 사람에게 선물을 퍼붓는다. 착한 사람들과 함께하길 원한다. 그만큼 선행을 좋아한다는 뜻이다. 자신은 못하더라도 누군가 착한 일을 하면 그것을 마치 자기 일처럼 대대적으로 선전해준다. 누군가의 선행이 발견되면 앞장서서 그 선행을 홍보해준다. 그 반대도 마찬가지다. 마치 자신이 정의의 사도라도 된 것처럼 앞장서서 악행을 비난하고 배척한다. 그러므로 착한 일이든 나쁜 일이든 순식간에 바람을 타고 들불처럼 퍼져나간다.

우리가 사는 세상은 착한 것이 대세가 되고 있다. 착하지 않으면 성공하기 어렵다. 요즘에는 '착한'이라는 말을 붙이면 큰 호응을 얻는다. 무슨 말이든 앞에 '착한'을 붙여서 손해될 것이 없다. 포털사이트 검색창에 '착한'을 쳐보면 끝도 없이 많은 단어들이 나온다.

착한 가게, 착한 회사, 착한 직장, 착한 가격, 착한 사람, 착한 커피, 착한 화장지, 착한 구두, 착한 낙지, 착한 소, 착한 떡, 착한 분식, 착한 육개장, 착한 보쌈, 착한 웰빙, 착한 휴대폰, 착한 밥집, 착한 민물장어, 착한 전당포도 있다. 심지어 착한 강도, 착한 사기꾼, 착한 소도둑, 착한 마녀까지 있다. 착한 반찬가게, 착한 아빠, 착한 기획, 착한 목수, 착한 이사, 착한 푸드, 착한 업소, 착한 임대인, 착한 쇼핑몰, 착한 홈페이지, 착한 장난감, 착한 여행, 착한 장터, 착한 부동산, 착한 딜러, 착한 고릴라, 착한 등록금, 착한 중고차…….

이렇게 쓸데없이 단어를 나열하는 이유는 지금은 착함이 대세라는 사실을 말하기 위해서이다. 뭐가 됐든 '착한'이 붙으면 좋은 이미지가 형성된다. 왠지 나쁜 일은 하지 않을 것 같다, 정직하고 깨끗하다, 손해를 끼치지 않는다, 재료나 원료를 속이지 않는다, 공정하다, 부드럽고 원만하다…. 세상 사람들은 이처럼 착함을 선호한다. 착함을 배척하는 것 같으면서도 실상은 착함을 간절히 사모하는 것이다.

삶에서 가장 아름다운 여행

한 택시 기사가 콜을 받고 지정된 장소에 갔다. 하지만 그곳에는 사람이 없었다. 꽤 오래 기다린 끝에 근처 집 초인종을 누르자, 90세쯤 된 할머니가 작은 여행 가방을 들고 나왔다. 택시 기사는 여행 가방을 받아들고 할머니를 부축해 태워드렸다. 할머니는 목적지를 말하면서, 시내 한가운데로 가지 말고 멀리 돌아서 가달라고 했다.

자신은 지금 호스피스병원에 가는 길이며 살날이 며칠 남지 않았다고 덧붙이면서.

그 말을 들은 택시 기사는 미터기를 끄고는 할머니에게 어디를 가고 싶은지 물었다. 그 후 2시간 동안 할머니는 추억이 서린 시내 곳곳을 돌아보는 마지막 여행을 누렸다. 젊은 시절 사무원으로 일했던 호텔, 어린 시절 다녔던 댄스 스튜디오, 남편과 함께 오랜 세월 살았던 집을 둘러보고는 목적지인 병원에 도착했다. 이미 간호사가 나와서 할머니를 기다리고 있었다. 할머니가 택시요금을 지불하려 하자 기사는 만류하며 꼭 안아주었다. 할머니는 눈물이 그렁그렁한 채 말했다.

"늙은이의 마지막에 행복한 여행을 선물로 주셔서 감사합니다."

택시 기사는 그날의 운행이 인생에서 가장 뜻깊은 시간이었다고 말했다.

우리는 이런 일에 감동한다. 사심 없는 착한 행동은 사람들에게 따뜻한 행복을 안겨준다. 진정 행복은 착함과 동행한다. 착함은 행복과 단짝을 이루어 아름다운 세상을 만들어간다. 사람들이 착함을 사모하고 추구하는 이유는 그와 같은 행복을 갈망하기 때문은 아닐까.

2

TYPING

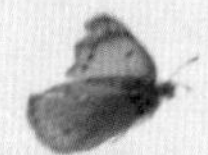

착한 사람 타이핑

착한 사람들의 유형 분류

○
●

착한 사람에 대한 오해 풀기

시중에 나도는 착한 사람에 관한 이야기는 부정적인 내용이 대부분이다. 관련 도서들의 제목만 봐도 쉽게 알 수 있다. 《착한 사람을 그만두면 인생이 편해진다》, 《착하게 사는 시대는 끝났다》, 《나는 착한 사람이기를 포기했다》, 《거짓말하는 착한 사람들》, 《왜 착한 사람에게 나쁜 일이 일어날까》, 《착한 사람 그만두기》, 《착한 사람이 된다는 건 무섭다〉, 《착한 사람이 왜 위험에 빠지기 쉬운가?》 등 주로 '착하면 좋지 않다'는 뉘앙스이다.

반면 긍정적인 책 제목은 매우 적다. 《착한 사람이 이긴다》, 《착한 생각으로 세상을 바꾼 사람들》(아동서), 《착한 사람이 이기는 습관》 정도이다. 그래도 '착한 사람이 승리한다'는 주장이다.

한쪽에서는 착한 사람이기를 포기하라고 하고 다른 쪽에서는 착해야 한다고 말한다. 어느 쪽 말에 장단을 맞춰야 할까? 결론을 말하면 둘 다 맞다. 자세히 들여다보면 양쪽이 다 같은 말을 하고 있기 때문이다. 그렇다면 이런 오해가 왜 생겼을까? 착한 사람에 대해 진술하는 사람들마다 다른 개념을 사용하기 때문이다. 각각 생각하는 착한 유형이 다르다는 뜻이다.

나는 착한 사람들에 대해 고민하고 연구하면서 착한 사람은 여러 부류가 있다는 사실을 깨달았다. 착하지만 바보 같은 사람, 착하지만 우유부단한 사람, 착하지만 무기력한 사람, 착하지만 무능한 사람, 착하지만 남에게 퍼주기만 하는 사람, 착하지만 제 가족도 못 챙기는 사람…….

그러나 반대도 있다. 착하면서 유능한 사람, 착하고 일 잘하는 사람, 착하고 소신이 있는 사람, 착하지만 강한 사람, 착하지만 할 말은 하는 사람, 착하지만 끊고 맺는 것이 정확한 사람 등이다.

착한 사람의 5가지 유형 분류

착한 사람을 사전적 정의로 설명하면 "언행이나 마음씨가 곱고 바르며 상냥한 사람"이다. 이를 명심하고 유약한 사람을 착한 사람으로 오해하지 말라. 무조건 굽실거리는 예스맨은 착한 사람이 아니다. 우유부단하고 무기력함을 착함으로 왜곡해서는 안 된다. 그런 사람은 착한 사람이 아니라 그저 유약한 사람, 예스맨, 무기력한 사람일 뿐이다. 그러니까 "착한 사람은 유약하다, 착한 사람은 자기 소신이 없다, 착한 사람은 무기력하다"는 말은 사실이 아니다. 무기력한 착한 사람은 있을 수 있어도 착한 사람은 무기력하다는 말은 틀렸다는 뜻이다.

나는 착한 사람의 사전적 정의에 몇 가지를 더해 착한 사람이 어떤 사람인지 나름으로 정리했다.

"바르고 상냥하고 온화하고 모나지 않고 정직하고 남에게 유익을 주기를 좋아하고 대체적으로 수용적인 사람."

이런 사람을 '착한 사람'으로 정의하고 이를 토대로 착한 사람의 유형을 분류하려 한다. 그러면 착한 사람에 대한 모든 문제가 저절로 해결된다. 그동안 품었던 착한 사람에 대한 오해, 착한 사람이 지닌 문제점, 착한 사람들이 성공하고 행복한 인생을 영위하는 방법 등, 모든 문제가 다 풀린다.

착한 건 분명 좋은 것인데 왜 착한 사람이 비난받는지, 착한데 왜 불행한지…여러 이유와 요인이 있을 수 있지만 누구나 단순하고 쉽게 이해하도록 두 가지로 요약했다. 하나는 분별력이고 다른 하나는 능력이다. 착한 사람이 지닌 모든 문제의 핵심이 여기 있다. 둘 중 하나가 부족하거나 혹은 둘 다 부족해서 생기는 일이다.

착하지만 가족이나 자신을 챙기지 못한다? 분별력이 없어서이다. 착하지만 일 처리가 늦다? 능력이 부족해서이다. 착하지만 남에게 이용만 당하면 분별력이 없는 것이고, 착하지만 무력하면 능력이 부족한 것이다. 착하지만 안일 무사하면 분별력이 없어서이고, 착하지만 머리가 뛰어나지 못하면 능력이 부족해서이다. 그래서 분별력과 능력을 키우면 착한 사람의 문제는 거의 다 해결된다. 분별력과 능력을 충분히 갖춘 착한 사람이라면 성공은 떼 놓은 당상이다.

이 두 가지 요소로 착한 사람을 분류해보자.

A형 : 분별력 있고 유능한 사람

B형 : 분별력은 있는데 무능한 사람

C형 : 분별력이 떨어지고(어리석은) 유능한 사람

D형 : 분별력이 떨어지고(어리석은) 무능한 사람

편의상 A를 분능형, B를 분무형, C를 어능형, D를 어무형이라고 부르겠다. 그런데 이 4가지 유형과 별개로 빼놓을 수 없는 착한 사람의 또 다른 유형이 있다. 본인도 자신을 착하다고 착각하고(사실은 착하다고 할 수 없는데) 남도 그렇게 생각하는 유형이다. 착한 것 같지만 실제로는 착하지 않은 사람, 착한 사람을 가장한 사람, 이런 유형의 사람들이 유난히 많고 위험하기 때문에 여기서 언급한다. 그 유형을 E형, 가장(假裝)형이라고 하자.

여기서 기억할 점은, 이러한 유형 분류는 명확하게 구별되지 않는다는 사실이다. 하나의 성향, 즉 어느 형이 상대적으로 많이 부각되는지가 관건이다. 대부분의 사람은 중간 정도에 위치하며, 이러한 유형 분류는 사안 혹은 상대에 따라서 그때그때 달라질 수 있다는 것도 알아두어야 한다. 내가 어떤 유형에 속하는지는 뒤에 나오는 〈착한 사람 체크리스트〉를 참고하면 알 수 있다.

이제 5가지 유형에 대해 살펴보자. 각 유형의 특징과 개선점은 무엇인지 이야기하겠다. D형부터 살펴볼 텐데, 사람들이 가장 자주 언급하는 유형이기 때문이다. 그리고 마지막으로 E형을 살펴볼 것이다.

○
●

분별력이 떨어지고 무능한 착한 사람
_D형 어무형

정상용 대리는 잘생기고 인기도 많다. 호탕한 성격에 서글서글하고 다른 사람에게 폐를 끼치지 않으니 인기가 없을 수 없다. 거의 매일 저녁마다 술자리를 갖는데 돈도 대개 그가 낸다. 집에 가봐야 재미가 없기 때문이다. 정 대리의 아내는 만나는 사람마다 남편 흉을 본다.

무골호인이며 인물은 훤칠하지만 잘하는 일이라고는 없다, 남들은 벌써 몇 년 전에 승진했는데 남편만 아직도 대리다, 공부를 하면 되는데 공부 생각은 아예 없고 그저 만사태평이다, 아이들은 커가는데 아직 집도 없고 앞날만 생각하면 막막하다, 그런데 남한테는 그렇게 잘한다, 경조사는 빠짐없이 챙기고 다른 사람의 부탁을 거절하는 법이 없다, 남들에게는 좋은 사람일지 몰라도 가족에게는 빵점이다.

"결혼 완전 잘못했지. 남편이 웬수야."

하지만 정 대리도 답답하다. 착하게 살고 싶은데 아내는 구박만 한다. 그래도 떳떳하고 부끄럼 없지만 사실 걱정이 없는 건 아니다. 미래가 불투명하고 언제 퇴출당할지도 모른다. 먼저 승진하는 후배들을 보면 조급해지기도 한다. 앞날이 막막할 때도 있다.

정 대리는 전형적인 D형이다. 가까운 사람들이 보기에는 답답하기 그지없다. 세상 사람들이 착한 사람들에 대해 퍼붓는 비난은 거의 다 D형을 향한 것이다. 분별력도 능력도 없는, 성공의 필요충분조건 중 어느 하나도 충족시키지 못한 유형이다.

가장 큰 문제는 분별력이 부족한 것이다. 분별력(分別力)이란 "서로 다른 일이나 사물을 구별하여 가르는 능력" 혹은 "세상 물정에 대해서 옳고 그름을 판단하는 능력"이다. 나는 현대인이 갖추어야 할 성품 중에 가장 중요한 성품이 분별력이라 생각한다. 요즘처럼 혼란하고 다변화된 시대를 성공적으로 살아가기란 쉽지 않다. 세상을 이해하고 판단하고 식별할 수 있는 분별력이 무엇보다도 필요한 시대이다.

그래서 분별력을 다른 말로 지혜, 판단력, 통찰력, 혜안, 안목이라고 할 수 있다. 분별력만 있다면 그런대로 행복하게 살 수 있다. 능력도 물론 중요하지만 분별력은 더 중요하다. 능력은 조금 부족해도 부족한 대로 살면 되지만, 분별력이 떨어지면 사람 구실을 못하고 불행해지고 무력해진다. 그러니 인간으로 태어난 이상 분별력을 갖기를 힘써야 한다.

분별력은 스스로 기를 수 있다

분별력은 학력과도 관계가 없다. 많이 배워도 분별력이 떨어지는 사람이 있고 초등학교 밖에 못 나왔어도 분별력이 좋은 사람이 있다. 옛날 우리 어머니들은 제대로 배우지 못해도 석박사보다 뛰어난 분별력을 발휘하셨다. 행복은 능력이 아닌 분별력으로 얻어진다. 분별력 있는 사람은 어디를 가든 누구를 만나든 자기가 있어야 할 자리를 알고, 어떻게 처신해야 할지 안다. 분별력이 부족하면 자기의 처지를 파악하지 못하고, 중심을 못 잡아 이리저리 휘둘리기 쉽다. 결국 바보 취급을 당하거나 왕따가 되고 천덕꾸러기, 호구로 전락한다.

앞에서 분별력을 "세상 물정에 대해서 옳고 그름을 판단하는 능력"이라 했는데 좀더 광의적으로 살펴보면 주어진 상황을 판단하는 능력, 특정 사안에 대해 강도(強度)와 정도(程度)를 조절하는 능력, 강도와 정도의 적정(適正) 지점을 헤아리는 능력이라고 할 수 있다. 일례로 남을 돕는 일은 참으로 훌륭하지만 그것도 정도껏 해야 한다. 무작정 다 퍼주는 것은 분별력이 없는 행위이다. 그럴 때 사람들은 흔히 "푼수가 없다"고 표현한다. 남을 돕되 그 지점을 잘 알아야 한다. 모든 사람의 어떤 부탁이든 다 들어줄 수는 없다. 무조건 다 들어주는 행위는 분별력이 없는 것이다.

살다 보면 화를 내야 할 때가 있는데 전혀 화를 내지 않는 사람이 있다. 분별력이 없는 것이다. 반면 툭하면 지나치게 화내는 사람도 분별력 없는 사람이다. 어느 정도 선에서 어떻게 화내야 하는지 아는 능력이 분별력이다. 적정선을 아는 것이 중요하다. 어느 자리, 어느 상황에서도 적정선을 알고 지키는 사람은 매우 대단하다고 할 수 있다.

아무리 착해도 분별력이 없으면 대책이 없다. 본인도 주변도, 모두 다 힘들어진다. 착한 사람 중에는 의외로 분별력이 떨어지는 사람들이 많다. 세상의 때가 묻지 않아서인지, 세속적인 일에 무심해서인지 모르겠지만, 분별력이 부족한 것은 문제이다. 착해도 분별력은 반드시 가져야 한다.

그런데 정 대리는 분별력도 떨어지는데 능력마저 부족하다. 이는 최악이다. 분별력이 부족해도 능력이 있다면 자기 앞가림은 가능하다. 그런데 무능하기까지 하면 막막해진다. 그의 착함을 알아주는 사람이 있다면 무능하다는 사실을 알아도 도와주려 하겠지만, 세상은 그렇게 만만치 않다. 정 대리의 착함을 인정해 주는 사람은 극소수에 불과하다. 앞날이 험난할 것이다.

정 대리 같은 D형을 접한 사람들은 '착한 사람들은 다 저럴 것'이라 생각하고 무차별 공격을 가한다. 착한 사람은 쓰레기다, 바보다, 천덕꾸러기다, 가족에게는 죄인이다, 착한 사람이 되면 안 된다, 착한 사람과는 결혼하면 안 된다……. D형만 놓고 보면 이런 말들이 나오는 것도 이해되는 상황이다. 그러나 착한 사람들은 D

형만 있는 것이 아니라 A형도 있고 B형도 있다는 사실을 알아야 한다.

나는 분별력 있게 행동하는가?

혹시 '나는 D형 같은데?'라고 생각하는가? 그렇다 해도 지레 낙심할 필요는 없다. 다행히 착하다는, 아주 강력한 장점이 있기 때문이다. 분별력도 능력도 없는데 악하기까지 하다면 얼마나 끔찍한가! 그렇지 않은 것만도 정말 다행이다.

D형은 자신이 분별력이 떨어진다는 것을 인식하기만 해도 상황은 훨씬 나아질 수 있다. 분별력을 키우는 간단하고 효과적인 방법이 있다. 무슨 일을 만나든 "내가 지금 분별력 있게 하고 있는가?" 항상 자문하는 것이다.

내가 늘 다니는 도로는 활주로처럼 쭉 뻗은 직선코스인데 약 1.5km 달린 후 맨 끝에 가면 과속 단속 카메라가 있다. 제한 속도는 60km다. 그래서 아무 생각 없이 과속으로 달리던 차량들이 단속에 걸려 범칙금을 내는 경우가 무수하다. 나 역시 예외가 아니어서 그 카메라가 설치된 후 2주 동안 두 번이나 걸렸다. 범칙금 낼 생각을 하니 속이 상했다. 그래서 그 길에 들어서면 자신에게 계속 암시를 건다. '정신 차리자. 정신 차려.' 그 뒤로는 한 번도 걸리지 않았다.

인생길을 정신없이 달려가다가 넋놓고 있으면 언제 어느 순간에 분별력을 잃고 망가질 수 있다. 항상 자신에게 말해주자. '정신 차리자. 분별력을 잃지 말자.' 그러면 상황은 분명히 나아질 것이다.

○
●

분별력이 떨어지고 유능한 착한 사람
_C형 어능형

C형은 능력은 있는데 분별력이 떨어지는 유형이다. 능력이 있는데 분별력이 부족하다고? 그럴 수도 있나 싶지만 실제로 많이 있다. 분별력이 부족해 자기 경계선이 약하고 남에게 쉽게 이용당한다. 손해도 많이 보고 때로는 멍청해 보인다. 자신을 제대로 챙기지 못한다. 무한정 주기만 하니까 천사 같기도 하면서, 정작 자신은 못 챙기니까 바보 같기도 하다. 그러다 보니 일상생활이 매우 힘들고 피곤하다.

장교로 근무하던 군대 시절, 지금까지도 기억에 남는 병사가 한 명 있다. 얼굴이 하얗고 키가 작고 몸도 연약한 편이었는데 꾀부리는 적이 없었다. 훈련에서 낙오했다거나 열외되었다는 이야기도 못 들었다. 그러면서도 다른 사람들의 부탁을 한번도 거절하지 않고 다 들어주며 내무반의 궂은일을 혼자 하다시피 했다. 군번이 높아져 자기 밑에 하급 병사가 들어왔는데도 그들에게 일을 시키지 않고 웬만한 일은 스스로 다했다.

어느 뜨거운 여름날, 평택에서 김포비행장까지 80km 급속행군이 있었다. 한여름에 80km 급속행군은 결코 쉬운 일이 아니다. 한두 명은 쓰러져 차에 실려 가기도 한다. 그 와중에 그는 힘들어하는 다른 병사의 군장이나 짐까지 대신 짊어졌다. 그러다가 본인이 쓰러져 구급차에 실려간 적도 있다. 그를 보면서 아무리 세상이 각박해다 해도 우리의 상상을 뛰어넘는 착한 사람이 여전히 존재한다는 사실을 다시금 확인하고는 놀랐다.

"세상에 믿을 놈 하나 없다"고들 하지만 아니다. 생각보다 착한 사람들은 많다.

그런데 무식할 만큼 우직한 그는 서울대 재학생이었다. 머리가 비상하고 지적능력이 탁월하며 자기 분야에서는 누구도 따라올 수 없을 만큼 해박한 지식과 실력을 갖고 있었다. 부대에서 무슨 암송대회가 열리면 무조건 1등이어서 간부들은 그를 탐냈다. 앞다투어 그를 데려다가 자기네 업무를 맡기려 한다. 바보 같아 보여도 실력이 좋으니 그를 데려가고 싶어 한다. 그는 무슨 일을 맡아도 헌신적, 희생적으로 한다. 간부들은 한편으로는 그를 함부로 다루지만 결코 무시하지는 못한다. 부대원들도 그를 쉽게 대하긴 해도 존중하는 마음이 있다.

나는 그 병사에게 아쉬운 마음이 참 많았다. 남에게 베푸는 것은 분명 좋은 일인데 어느 선까지만 하고 자신을 좀 챙기면 훨씬 더 좋지 않았을까. 간혹 그가 생각난다. 이 병사가 착한 사람의 유형 중 C형이다.

베푸는 만큼 자기를 챙겨야 한다

김신애 팀장은 유능하고 일을 매우 잘한다. 상황 판단이 뛰어나고 자기 분야에서 모르는 것이 없다. 흠이 있다면 자기를 너무 쉽게 내어준다는 점이다. 다른 회사와의 거래에서도 너무 양보하는 탓에 '사람이 다부지지 못하다'는 소리를 듣는다. 착하기는 한데 맺고 끊는 것이 분명하지 못해 리더십이 아쉽다. 사장은 그를 승진시키려 해도 항상 그 부분 때문에 망설인다. 그 단점만 없다면 벌써 승진해서 큰일을 했을 텐데, 가진 능력에 비해 승진이 늦었다.

김 팀장도 C형에 가깝다. 이 유형의 착한 사람도 그리 많지는 않지만 꽤 있다. 탁월한 성공은 하기 어려워도 평범한 성공은 얼마든지 이루는 부류이다. 능력을 계발하기는 쉽지 않지만 분별력을 향상시키기는 상대적으로 쉽기 때문이다. 앞에서 D형을 언급하면서 분별력을 향상시키는 방법으로 무슨 일을 하든 "내가 지금 분별력 있게 행동하고 있는가?" 자문하라고 했다. 자신이 지금 분별력이 부족하다는 인식만으로도 많은 문제를 해결할 수 있다. 더 나아가 이를 고민하고 분석, 해결하려고 노력한다면 분별력 문제는 절반 이상 해결했다고 볼 수 있다.

타인에게 베푸는 일도 훌륭하지만 자기를 지키기 위해 힘쓰는 것도 대단히 소중하다는 사실을 알아야 한다. 앞뒤 상황 하나도 살피지 않고 주기만 하다가는 자기 삶을 망가뜨릴 수 있다. 그랬다가는 더는 남에게 베풀지도 못하게 된다.

아내는 나와 매우 다르다. 하기 싫은 일은 하지 않는다. 장가간 아들이 손주를 데리고 집에 오겠다고 전화했다. 하나밖에 없는 아들이 오겠다는데 어떤 부모가 만류하겠는가? 대부분 기쁘게 맞이할 것이다. 그런데 아내는 이렇게 말했다.

"지금은 피곤해서 힘들어. 나중에 와."

그 말을 들은 나는 일순간 '어떻게 엄마가 저럴 수 있지? 부모인데 너무한 거 아닌가?' 생각했지만 이내 마음을 고쳐먹었다. '그래, 잘한 거야. 그랬으니까 지금 이 정도나마 건강을 유지할 수 있고, 우리 가정이 별 어려움 없이 평탄할 수 있는 거겠지.'

아내는 나에게도 아들에게도 지나친 희생은 하지 않는다. 그게 얼마나 다행인지 모른다. 나의 어머니는 남을 위해 지나치게 희생하시다가 60세도 안되어 돌아가셨다. 참으로 아쉽고 안타깝다. 자신도 어느 정도 챙기는 것이 서로를 위한 길이다. 자기를 보살필 줄 알아야 남도 보살필 수 있다. 지나친 희생은 고귀한 덕목은 될지 몰라도 자신을 위한 최상의 방법은 아니다. 자신을 지켜야 그 힘으로 남도 챙겨줄 수 있다. 착한 사람들이여! 남도 보호하고 반드시 자기도 보호하기를 바란다.

C형은 남도 지키고 자기도 지키는 일만 잘하면 금상첨화다. 얼마든지 성공하고 행복할 수 있다.

○
●

분별력은 있는데 무능한 착한 사람
_B형 분무형

나는 능력이 가장 중요하다고 생각하진 않는다. 능력은 있는 대로 살면 된다. 능력이 많든 적든 거기 맞추어서 살면 얼마든지 행복할 수 있고 나름의 가치도 발휘할 수 있다. 그리고 능력은 어느 정도까지는 계발할 수 있으므로 분별력이 더 중요하다. 분별력 있는 사람은 작은 능력을 갖추고도 유능한 사람보다 훨씬 더 행복하게 지내고, 사회에 더 많은 유익을 주기도 한다.

"되글을 가지고 말글을 써먹는다"는 속담이 있다. 능력이 조금 덜해도 최대한 활용해서 잘 사는 사람이 있고, 능력은 많지만 제대로 사용하지 못해 사장시키는 사람이 있다. 분별력이 뛰어난 사람은 되글을 가지고 말글을 써먹는 사람이다. 이런 사람이 바로 착한 사람 B형이다.

내가 아끼는 후배가 한 명 있다. 그보다 착하고 분별력 있는 사람을 나는 본 적이 없다. 진실하고 정직하고 반듯하여 분별력에 있어서는 훌륭한 롤모델이다. 완벽하다는 말이 아니다. 사람이 어찌 완전할 수 있겠는가. 그러나 그는 자신을 보호하면서 타인을 챙길 줄 안다. 자기 몫을 확실하고 적절하게 챙기지만 결코 부당하게 욕심 부리지 않으며 남에게 더 많이 베푼다. 그러니 대인관계도 원만하다.

남에게 베풀기도 잘하고 받기도 잘하며, 그 정도와 분수를 확실히 알아서 무리하지 않는다. 타인의 부탁도 들어줄 수 있는 것과 거절해야 하는 것을 정확히 구분한다. 그래서 자신도 만족하고 남도 만족시켜 준다. 가정에도 문제가 거의 없고 다들 명랑하고 활기차게 생활한다.

이런 그의 단점을 굳이 찾자면 능력이 탁월한 편은 아니라는 점이다. 중간 정도라고 할 수 있으니 전형적인 착한 사람 B형이기보다는 B형에 가깝다고 할 수 있다. 그는 자기 능력이 탁월하지 않다고 불평하거나 원망하지 않는다. 현실을 받아들이면서도 최상의 결과가 나오도록 열심히 노력하고, 목표 달성을 위해 꾸준히 힘쓴다. 그래서인지 회사에서 지점장까지 올랐고 대학동창회 회장도 맡고 있다. 성공이라면 성공한 삶이다.

나의 선배 한 명도 이 유형에 해당한다. 분별력이 뛰어나지만 능력은 약간 부족하고 가정 형편도 매우 어려웠다. 하지만 나는 그를 만날 때마다 누구도 당해낼 수 없는 의지력과 끈기에 감탄한다. 언젠가는 자전거로 전국 일주를 하겠다더니, 진짜로 방학 한 달 동안 혼자 우리나라 전국을 돌고 왔다. 독학으로 전액장학금을 주는 국립산업대에 합격, 졸업 후에는 국영기업에 취업하여 25년간 꾸준히 근무하여 부장까지 올라갔다. 선배는 자기 능력이 부족하다는 점을 인정하고 인내와 의지력으로 극복했다. 은퇴한 후에 시골에 내려가서 작은 농장을 경영하고 있다.

내 주변에는 착한 사람 B유형이 많다. 능력은 평범하거나 부족한 듯하지만 분별력이 뛰어나다. 그래서인지 대부분 안정된 삶을 누리고 있다. 탁월한 성공은 못해도 결코 망가지는 법이 없으며 평범하지만 행복하게 지낸다. 이들에게는 조언할 말도 필요도 거의 없다. 그저 그들의 삶에 박수를 보낸다.

○
●

분별력 있고 유능한 착한 사람

_A형 분능형

A형은 착한 사람의 유형 중 금상첨화이다. 모자라거나 부족한 것이 없다. 갑작스럽게 불행한 돌발 사태가 발생하지 않는다면 성공은 떼 놓은 당상이다. 설령 지금은 성공하지 못했다 해도 그건 시간문제에 불과하다. '착함'이라는 최대 강점을 보유했고 분별력 있으며 능력까지 갖추었는데 어떻게 성공할 수 없겠는가?

애덤 그랜트의 《기브앤테이크》는 착한 사람 A형이 가장 크게 성공한다는 사실을 실증적, 사회과학적으로 증명한 책이다. 앞서 언급한 대로 그는 사람들을 기버(giver), 테이커(taker), 매처(matcher) 셋으로 분류하고 성공 가능성을 연구 조사했는데, 신기하게도 성공의 사다리 맨위를 차지한 사람도 기버였고 가장 아래층도 기버였다. 테이커와 매처들은 중간이었다.

같은 기버인데 성공의 사다리 양극단에 자리하는 이유는 무엇일까? 애덤 그랜트는 그 차이를 이렇게 설명한다. 성공한 기버는 자신을 보호하고 자기 이익을 지키면서 남을 도와주었던 사람인 반면 실패한 기버는 자신을 지키지 않고 남에게 베풀기만 했던 사람들이었다. 이를 나의 용어로 말하면 분별력이 있느냐 없느냐의 차이라 하겠다. 기버는 착한 사람들을 말한다. 즉 분별력 있는 착한 사람은 크게 성공했고 분별력 떨어지는 착한 사람은 성공하지 못했다.

책에는 착한 사람의 능력 차이에 대한 내용은 별로 없다. 그러나 성공의 요인에서 능력이 차지하는 비중은 얼마나 중요한가. 그래서 나는 분별력과 더불어 능력까지를 고려하여 착한 사람을 유형별로 분류한 것이다. 이렇게 보면 분별력이 뛰어나고 유능한 A형이 성공의 사다리에서 가장 꼭대기를 차지한다는 애덤 그랜트의 사회과학적 연구 결과는 너무도 당연하다.

길게 보고 멀리 내다보라

착한 사람 A형에 해당하는 대표적 인물로 미국의 16대 대통령 에이브러햄 링컨을 예로 들 수 있다. 미국인들이 가장 존경하는 대통령 1위를 도맡는 링컨에 관한 미담은 수없이 많다. 정직하고 거짓말하지 않으며 지위고하에 상관없이 남을 배려하고 존중한 사람으로 유명하다.

대통령 선거전이 한창 진행되고 있는 도중에 링컨은 뉴욕 웨스트필드에 사는 11살 소녀의 편지를 받았다.

"링컨 아저씨, 아저씨 얼굴은 너무 못생겼어요. 광대뼈는 튀어나오고, 턱은 주걱턱이고, 눈은 움푹 꺼졌어요. 우리 동네 어른들은 아저씨가 너무 못생겨서 싫대요. 어쩌면 좋죠? 저는 아저씨가 훌륭하게 되기를 바라고 있어요. 제 생각에 아저씨는 수염을 기르면 지금보다 훨씬 더 인상이 좋아 보일 거예요."

그 후로 링컨은 수염을 길렀다. 대통령에 당선되고 몇 주 후 그는 웨스트필드에 들러 소녀를 만났다.

"그레이시, 내 수염을 보렴. 네 조언을 듣고 기른 거야."

두 사람이 만나는 장면은 동상으로 제작되어 웨스트필드에 서 있고, 소녀의 편지는 디트로이트 공공도서관에 보관되어 있다. 평범한 소녀의 의견도 소중히 여기는 링컨의 선한 마음이 돋보이는 일화이다.

세간에 알려진 링컨의 일화는 전형적인 착한 사람의 모습이다. 정직하고 겸손하며 희생하고 배려한다. 언뜻 보면 지나칠 정도로 남을 위해서 자신을 내어주니까 정작 그 자신은 무기력한 존재로 방치하는 게 아닌가 생각할 수 있지만 결코 그렇지 않다. 링컨의 큰 장점은 탁월한 분별력이었다.

남에게 기쁘게 베푸는 동시에 자신도 안전히 보호한다. 그는 꿈과 비전이 있었으며 야심도 있었다. 그러니 23살이란 젊은 나이에

주 의회 선거에 뛰어들어 수없는 실패에도 지치거나 포기하지 않고 꾸준히 목표를 향해 달려갔다.

링컨은 가난해서 학교를 제대로 다니지 못했다. 학교 교육은 겨우 7개월 받았을 뿐이지만 그는 엄청난 독서광이어서 엄청나게 많은 책을 읽으며 성장했다.

독학으로 불과 2년 만에 변호사 시험에 합격했다. 1999년 미국의 한 언론매체가 사회 저명인사 1,000명을 대상으로 유명 정치인 36명의 능력을 평가하는 여론조사를 실시한 결과, 링컨이 가장 높은 점수를 얻었다. 링컨은 전형적인 착한 사람 A형으로, 분별력과 능력에서 최고점을 받을 만한 사람이다.

이런 사람들이 가장 조심해야 할 부분이 있다. A형이라 해도 당장 성공하지 못할 수 있다는 것이다. 예상치 못한 돌발 상황이 발생했거나 시대 흐름과 여건이 따라주지 못할 수 있다. 그래서 항상 모든 것을 길게 보고 멀리 내다보아야 한다. 인생은 단거리가 아니라 장거리 경주임을 명심해야 한다. 시간이 지나면 어떤 형태로든 성공에 이르게 된다. 그래서 착한 사람은 대기만성형이 많다. 또한 실패가 계속된다 해도 링컨처럼 포기하지 않고 낙심하지 말아야 한다. 어떤 일이 있어도 항상 성공에 대한 기대감, 자신감을 잃지 않아야 한다.

특히 착함을 포기하는 어리석은 일을 저질러서는 안 된다. '착하게 살아봐야 아무 소용없다'는 자포자기에 빠지지 말라. 착함에 대한 부정적 인식이 재발하지 않도록 해야 한다. 착함을 잃으면 모든 것을 다 잃게 된다. 착함은 오늘 우리 시대에 최고의 강점, 최고의 특권임을 끝까지 잊지 말아야 한다.

○
●

착한 것 같지만 실제로는 착하지 않은 사람
_E형 가장(假裝)형

지금까지 착한 사람의 유형 4가지를 살펴보았다. 그런데 이와는 별개로 빼놓을 수 없는 착한 사람의 또 다른 유형을 발견했다. 사실은 착하지 않은데 자신도 타인도 착한 사람이라 착각하는 유형이다. 물론 본인이 착하지 않은 걸 알면서도 착한 사람으로 위장하는 경우도 있다. 이 유형은 우리 주변에 유난히 많다.

착한 것 같지만 실제로는 그렇지 않은 사람, 착하지 않은데 착함을 가장한 사람, 이 유형을 E형, 가장(假裝)형이라고 부르자. 아주 위험한 유형이다. E형의 특징은 이중성이다. 위선자, 회칠한 무덤, 표리부동한 사람이다.

L은 평범한 40대 여성이다. 남편과 두 아이와 함께하는, 겉보기에는 아무 문제가 없는 가정이다. 그러나 부부는 이미 이혼을 약속한 상태이다. 이 가정이 이렇게 되리라고는 누구도 예상하지 못했다. L이 다른 남자와 바람을 피우고 가족을 버린 채 멀리 외국으로

떠날 거라는 소식을 듣기 전까지는 말이다.

갸름한 얼굴에 순진하고 착해 보이는 L은 누구에게나 친절하고 정숙했다. 살림도 잘했다. 남편도 부인이 가정에 충실하기를 원하고 직장생활하는 것도 탐탁지 않아 해서 L과 결혼했다. 그런데 어느 때부터인가 간혹 밤늦게 귀가하고는 했다. 오랜만에 친구를 만나 이야기를 나누다가 늦었다는 말을 의심 없이 믿은 것이 잘못이었다. 횟수가 잦아지자 이상하게 여겼지만 이렇게 되리라고는 꿈에도 생각하지 못했다.

L은 단호했다. 집도 남편도 자식도 다 없어도 된다고 했다. 집에 혼자 있으면서 외간 남자와 채팅하다가 바람이 난 것이다. 며칠 후면 둘이 해외로 떠난다고 한다.

우리 주변에는 이렇듯 겉과 속이 아주 다른 사람들이 꽤 많다. 겉으로는 착한 척하지만 착하지 않다. 다른 꿍꿍이를 품고 있다. 진실한 것처럼 행동하지만 그렇지 않다. 정직한 것처럼 말하지만 실상은 거짓말투성이다. 남을 돕는 것 같지만 사실은 그것을 미끼로 자기 사욕을 챙긴다. 깨끗한 것 같지만 은근슬쩍 부정을 저지른다. 위선자, 이중인격이다. 로버트 루이스 스티븐슨이 쓴《지킬 박사와 하이드》가 대표적인 사례이다.

이런 부류는 어디서나 쉽게 찾아볼 수 있지만 사회복지단체, NGO 단체, 특히 교회나 성당, 법당 같은 종교 모임에 많이 있다. 그중에서도 가장 위험한 부류가 바로 종교지도자이다. 그래서 종교지도자의 최대 과제는 위선에 빠지지 않는 것이다. 종교지도자는 높은 윤리와 도덕성을 요구받는데 그에 못 미치니까 위선자가 되는 것이다. 종교지도자로서 위선자라는 위험에서만 벗어날 수 있다면 절반은 성공한 셈이다.

착하지 않은 사람이 왜 착한 척을 할까? 몇 가지 이유가 있다.

첫째, 약하니까 어쩔 수 없이 착해진 경우다. 몸도 마음도 약하고 힘도 없고 가진 것도 없고 권력도 능력도 부족하니 어쩔 수 없이 소극적인 돌파구로 착한 척을 택한 것이다. 자신이 착하다고 생각하는 사람은 이렇게 자문해 보라.

'내가 지금 약하기 때문에 착한 것인가?' '그와는 상관없이 착해야 하기 때문에 혹은 착한 것이 좋아서 착한 것인가?' '많은 것을 소유하고 내가 강해졌을 때도 계속 착함을 유지할 수 있을까?'

자신이 강해졌을 때도 여전히 착함을 유지할 수 있다면 진정으로 착하다고 할 수 있다. 그러나 강해지고 힘이 있다면 착하지 않을 것 같은가? 그렇다면 진정한 착함이라 할 수 없다. 물론 이것도 수학 문제처럼 명확히 구분하기는 어렵고, 어느 편이 더 강한지 점검하면 된다. 만일 약하기 때문에 어쩔 수 없이 착해졌고, 약하지 않다면 언제든 착함을 포기할 것 같다면 자신에 대해 깊이 숙고하고, 진정 착한 사람으로 거듭나기를 바란다. 그렇지 않으면 위선은 언젠가는 드러나고 그것을 알게 된 사람들은 당신을 냉혹히 배척할 테니 말이다.

둘째, 주변 환경이나 타의 때문에 착한 사람도 있다. 집안 환경이 엄격했다거나 종교인의 가정에서 태어나 착함을 요구받는 경우이다. 이러한 환경에서 점차 성장하여 성인이 되면 그 착함에 대해 본인이 선택해야만 하는 시점에 이른다. 그때도 여전히 착함을 선택하고 유지할 수 있다면 다행이지만, 그동안 강요된 착함에 대한 반발로 착함을 거부하게 된다면 불행한 일이다. 만약 당신이 이런 경우라면 고귀한 도덕적 기준인 착함의 강점을 이해하고 계속 유지하기 바란다.

자신의 양심을 들여다보면 착함의 착각에 빠지지 않는다

셋째, 직책 때문에 착한 사람처럼 행동하는 경우다. 앞에서 사회복지단체, NGO단체, 종교지도자들에게 많다고 했다. 이런 사람들은 원래 그런 분야에서 일하면 안 된다. 마음은 아닌데 직업상 어쩔 수 없이 그 길로 들어섰을 것이다. 인격과 품성이 갖추어져 있지 않는데도 대외적으로 선한 활동을 해야 하니까 착함을 가식하지 않을 수 없다. 물론 그런 곳에 진정한 의미의 착한 사람이 더 많은 것은 분명하다. 여기서는 그런 착한 사람이 아니라 가식적이고 위선적인 사람을 말하는 것이다.

이런 사람들은 대외적으로 좋은 명분을 갖고서 착한 언행을 일삼지만, 많은 경우 사리사욕을 챙긴다. 심지어는 사람들을 섬기는 것처럼 하면서 이용하기도 하고, 도와주는 것처럼 하면서 실제는 자신의 이득만 취한다. 정직한 것처럼 말하면서 은근히 거짓말을 일삼는다. 그러면서 자신은 착한 사람, 좋은 사람이라고 착각하고 다른 사람들도 대개 그렇게 믿는다. 그들에게 내가 할 수 있는 조언은 이것이다.

"자신을 꼼꼼히 돌이켜 보라. 자신의 양심을 샅샅이 들여다보라."

넷째, 특정 목적을 달성하기 위해 가식적으로 착한 경우이다. 이들은 거의 사기꾼이다. 이익을 위해 일시적으로 착한 사람 코스프레를 하면서 목적을 달성하려 한다. 겉으로 잘 드러나지 않고, 자질구레한 일이라서 그렇지 이런 사람들은 주변에 수없이 많다. 이 방면에 아주 도가 튼 중년 여자가 지방마다 돌아다니면서 처음에는 무한정 베풀고 착하게 굴며 사람들의 인심을 얻은 다음, 돈을 투자하게 하여 모인 거금을 가지고 야반도주한 사건이 곳곳에서 일어난 적이 있었다. 이런 사람은 당연히 악한 사람이다.

착한 것 같지만 실제로는 착하지 않은 사람 E형은 이 책의 주제와는 맞지 않는 부류의 사람이지만 워낙 많기도 하고, 착한 사람을 거론하면서 혹여 착각하지 않기를 바라는 의미에서 E형으로 분류하고 다루었다.

착한 사람 체크리스트

다음에 나오는 〈체크리스트〉는 상당히 주관적이니 큰 비중을 둘 필요 없이 대략 살펴보고 참고하면 된다. 능력은 체크하지 않았다. 능력은 대개 자신이 어느 정도 알고 있고, 객관적으로 체크하기도 쉽지 않기 때문이다.

[분별력 체크리스트]

(그렇다 Y : Yes, 보통이다 A : Average, 아니다 N : No)
항상 그렇다 – YY
약간 그렇다 – YA
중간 정도다 – AA
약간 아니다 – NA
전혀 아니다 – NN
* 위의 5가지 중 해당되는 것을 ☐ 안에 영어로 표기한다.

1. 나는 다른 사람이 무엇을 부탁할 때 거절을 잘한다. □
2. 나는 마음에 들지 않으면 금방 화를 잘 낸다. □
3. 나는 누가 돈을 빌려달라고 하면 잘 빌려주지 않는다. □
4. 나는 회의를 할 때 말을 많이 한다. □
5. 나는 어떤 목표를 향한 야심이 있다. □
6. 나는 내 의견을 잘 내세운다. □
7. 내 아이와 남의 아이를 함께 돌보고 있을 때 항상 내 아이를 먼저 챙긴다. □
8. 나는 다른 사람보다 나를 소중히 여긴다. □
9. 나는 항상 밥값을 내지 않는다. □
10. 나는 남에게 주는 것보다 받는 것이 많다. □
11. 나는 남이 나를 공격하면 반드시 나도 공격한다. □
12. 나는 나에 대해 배신한 자는 반드시 앙갚음한다. □
13. 나는 아무리 가족이라 할지라도 내가 힘들면 희생하지 않는다. □
14. 나는 기분이 나쁘면 겉으로 드러낸다. □
15. 나는 의사결정을 할 때 주로 내 의견을 주장한다. □
16. 나는 남과 거래할 때는 내가 항상 이득을 보지 않으면 하지 않는다. □
17. 나는 남이 불편해하더라도 내가 이익이 되면 개의치 않고 한다. □

18. 나는 누구와 무슨 일을 하든 양보를 잘하지 않는다. ☐

19. 나는 돈을 빌려준 사람에게 돌려달라는 말을 잘한다. ☐

20. 나는 목적 달성을 위해서는 남의 눈치를 보지 않는다. ☐

[합계]

A의 개수 (　　)개　N의 개수 (　　)개　Y의 개수 (　　)개

(1) A의 개수가 많이 나오면 분별력이 있다. (A의 개수가 20개 이상)

(2) N의 개수가 많이 나오면 착함 지수가 매우 높다. (N의 개수가 20개 이상)

(3) Y의 개수가 많이 나오면 착함과는 거리가 멀다. (Y의 개수가 20개 이상)

(4) 그 외의 경우는 중간 정도라고 생각하면 된다.

(5) 20개 이상인 것이 없으면 많이 나온 순서대로 그 부분이 강하다고 생각하면 된다.

[착한 사람 체크리스트]

O, X 표를 한 다음 O의 개수를 체크하면 대략 자신이 얼마나 착한지 확인할 수 있다. 스스로 평가해보자. O가 많을수록 착한 사람이다.

---

1. 나는 남을 잘 배려한다. ☐
2. 남을 위해 희생을 잘한다. ☐
3. 남에게 주기를 좋아한다. ☐
4. 다른 사람에게 친절하다. ☐
5. 교만하지 않다. ☐
6. 거짓말하지 않는다. ☐
7. 부정을 저지르지 않는다. ☐
8. 정직하다. ☐
9. 남의 말을 대개 받아들인다. ☐
10. 성품이 온화하다. ☐
11. 남을 잘 돕는다. ☐
12. 물에 빠져 죽어가는 사람을 보면 뛰어들어 구해준다. ☐
13. 도둑질을 해본 적이 없다. ☐
14. 남의 마음을 상하게 하면 불편한 기분이 든다. ☐
15. 받는 것보다 주는 것이 많다. ☐

○
●

분별력 키우기

해마다 연초가 되면 사무실을 방문하는 불청객이 있다. 요즘에는 거의 없지만 몇 년 전만 해도 단골처럼 찾아왔다. 막 감옥에서 출소했는데 작은 가게라도 하나 차리려 하니 단돈 얼마라도 도와달라고 한다. 물론 큰돈을 원하는 것은 아니고 몇 만원 혹은 몇 십 만원을 이야기한다. 그러면 나는 고민에 빠진다. 이 사람의 말이 진짜인지 가짜인지, 진짜라면 얼마를 도와주어야 할지 혹은 거절해야 할지 쉽게 판단이 서지 않는다. 그래서 대화를 나누는 짧은 시간 동안 무엇이 가장 지혜로운 방법일까 무수히 갈등한다.

한 해가 시작되는 시기이기 때문에 인심도 너그럽고, 상대를 기분 나쁘게 보낼 수 없다는 마음이 발목을 잡는다. 언젠가는 내 주머니에 있는 돈 다 드릴 테니 그거라도 갖고 가시라고 했다. 한 20만원 정도 되었다. 그날 그 사람은 아주 기분 좋게 사무실을 나섰다. 그런 사람들은 대부분 나중에 꼭 갚겠다며 내 이름과 연락처를 적어가지만 연락한 사람은 단 한 명도 없다. 나는 그들 모두 가짜라고 생각한다. 그래서 나중에는 '이게 잘한 건가? 못한 건가?' 고민한다

앞에서 착한 사람의 유형을 5가지로 분류했고, 기준이 되는 가장 중요한 요소가 분별력이라고 했다. 분별력은 "주어진 상황을 판단하는 능력, 어떤 사안에 대해 강도(強度)와 정도(程度)를 조절할 줄 아는 능력, 강도와 정도의 적정(適正) 지점을 헤아리는 능력"이다. 이를테면 남에게 베푸는 것은 참 좋은 일이지만, 무작정 한도 끝도 없이 베풀 수는 없다. 그래서 어느 정도까지 베풀어야 할지 그 정도를 알아야 한다. 남에게 화를 내야 할 때도 분명 있다. 그런데 어느 정도까지 화를 내야 할지, 적정 지점을 헤아리는 능력이 분별력이다. 분별력이 있어야 지나치지도 않고, 모자라지 않고 가장 적정하게 모든 일을 행할 수 있다.

그렇다면 분별력은 키울 수 있는 것일까? 혹시 타고나는 건 아닌가? 나는 분별력은 어느 정도 타고난다고 생각하지만, 본인이 노력하면 얼마든지 키울 수 있다고 확신한다. 분별력 키우는 몇 가지 방법을 살펴보자.

먼저 자신을 알아야 한다

첫째, 자신에게 분별력이 있는지 없는지, 있다면 얼마나 있는지 스

스로 살펴보고 점검한다. 앞의 〈착한 사람 체크리스트〉를 참고하면 된다. 분별력이 부족한 사람은 자신이 부족하다는 사실을 아는 것이 중요하다. 분별력 없는 사람들 중 대다수가 그 사실을 모르고 있다. 그래서 자신의 분별력 유무를 객관적으로 살펴보는 것만으로도 분별력 문제 해결의 시작이다.

둘째, 반드시 분별력 문제를 해결하겠다고 각오하고 결심한다. 쉽게 거저 되는 일은 하나도 없다. 중요한 일은 각오하고 결단해야 나아질 수 있다. 그리고 분별력이 떨어지는 이유를 살펴본다. 생각이 깊지 않아서인지, 인정 때문인지, 낙천주의 때문인지, 지나친 욕심 때문인지 살피고 그에 대한 해결책을 생각해본다. 종교가 있는 사람은 이 문제를 놓고 기도한다. 없는 사람은 명상한다.

셋째, 무슨 일을 하든 '나는 지금 분별력 있게 행동하고 있는가?' 이 질문을 항상 던진다. 우리는 특별한 생각 없이 본능적으로 습관적으로 행동할 때가 많다. 그래서 종종 "푼수 없이 군다"는 말을 듣는다. 푼수 없이 행동하는 이유는 분별력이 없기 때문이다. 수시로 이 질문을 자신에게 던지고 생각할 수 있다면, 이미 분별력 문제는 절반 이상 해결된 것이나 다름없다. 냉장고나 수첩 등에 '나는 지금 분별력 있게 행동하고 있는가?' 문구를 붙여놓고 수시로 자신을 점검하는 것도 좋은 방법이다.

넷째로, 감정이나 동정 등에 이끌리지 않아야 한다. 정에 이끌리면 분별력이 흐려진다. 분별력을 기르려면 무엇보다 냉정해지는 연습을 해야 한다. 우리네 삶은 정이 있어서 훈훈하고 감동이 있지만, 자칫 판단력을 흐리게 만드는 단점도 있다. 얄팍한 동정심 때문에 일을 망치는 경우가 얼마나 많은가. 그래서 그를 노리고 접근하는 악한 사람들도 적지 않다. 감정과 분노도 마찬가지로 분별력을 약화시키는 주요 요인이다.

1983년 미국 조지아의 법정에서 재판이 열렸다. 백인 여성을 성폭행했다는 죄로 기소당한 피의자는 캘빈 존슨이라는 흑인 남성이었다. 미국 재판에는 배심원들의 평결이 결정적인데, 그날 배심원들 전부가 백인이었다. 배심원들은 존슨이 유죄라고 주장했다. 흑인 여성들이 피고의 알리바이를 제시했지만 묵살당했고 재판관은 무기징역을 선고했다.

이후 16년이 흘렀고 DNA 유전자 검사를 통해 존슨이 진범이 아니라는 사실이 밝혀졌다. 감옥에서 보낸 16년이라니, 얼마나 억울한 일인가! 그가 석방되는 날 기자들이 몰려왔다.

"당신을 16년 동안이나 감옥에 있게 만든 판사와 배심원들을 증오하지 않습니까?"

존슨은 이렇게 대답했다.

"아닙니다. 마음에 증오와 분노를 담고 있으면 그것은 나를 또 한 번 죽입니다. 지금 내게 필요한 것은 내가 사는 것입니다."

캘빈 존슨은 감옥에서 분별력을 훈련했나 보다. 분노를 품고 있으면 자신만 손해다. 분별력을 잃지 않으려면 사사로운 감정에 사로잡히지 않아야 한다.

균형이 무너지면 인생도 무너진다

다섯째, 자기 주관과 고집에 얽매이지 말고 열린 마음을 가져야 한다. 고집과 소신이 반드시 필요할 때도 있지만 그것도 어느 정도여야 한다. 항상 고집만 부린다면 어떻게 되겠는가? 요즘 가장 비난받는 '소통이 부족하다', '꼰대 기질이 있다' 등이 바로 그런 경우를 가리키는 말이다. 무작정 고집만 피운다면 다 망가진다. 분별력을 가지려면 마음을 열고 귀를 여는 일이 가장 필요하다. 남의 말을 무조건 따를 필요는 없지만, 전혀 듣지 않아도 큰일이다. 마음을 닫아도 안 된다. 들을 것은 다 듣고 나서 스스로 판단하면 된다.

여섯째, 모든 일에 치우치지 않고 균형 잡는 연습을 해야 한다. 몇 년 전 끔찍한 세월호 참사가 있었다. 배에는 균형을 잡아주는 평형수가 있는데 평형수를 채워야 할 공간에 물을 넣지 않고 짐을 실은 것이 원인이라고 한다. 배의 생명은 균형 유지이다. 균형이 깨어지는 순간 배는 침몰하고 만다.

우리 인생도 바다를 항해하는 배와 같다. 균형을 잃어버리는 순간, 인생도 무너지고 만다. 과유불급(過猶不及)이라는 말도 있듯, 가장 중요한 것은 치우치지 않는 것이다. 아쉽게도 우리나라 사람들은 한쪽으로 치우치는 특성이 있어서 편 가르기를 잘한다. 극과 극을 치달리고 중간은 회색분자라며 비난한다. 그러나 균형의 중요성을 잃으면 절대로 안 된다.

태양과 지구와의 거리는 약 1억 5천만km이다. 만일 조금이라도 가까워지거나 조금이라도 멀어진다면 지구는 생명체가 살 수 없는 폐허가 되고 만다. 그야말로 기막힌 균형 속에서 운행되기에 지구는 아름답고 살기 좋은 행성이다.

가장 아름답고 존귀한 인생을 살기를 원하는가? 그렇다면 치우치지 않은 평형감각, 열린 마음, 정에 끌리지 않는 냉정함, 강도와 정도의 적정 지점을 헤아릴 줄 아는 통찰력, 이러한 분별력의 탁월함을 소유해야 할 것이다.

3

REBOOTING

착한 사람 리부팅

강점 살리기

○
●

그래도 나는 착한 사람이 좋다

내가 어렸을 때 어머니는 집 근처 부대에서 일하셨다. 헌병대에서 군인들의 밥을 해주고 그 대가로 저녁이 되면 병사들이 먹고 남은 밥을 큰 비닐봉지에 담아 집으로 가져오는 것이다. 당시에는 생활이 너무 힘들었기에 제때 밥 먹기도 쉽지 않았다. 어머니가 밥을 머리에 이고 오면 우리 형제들은 마중 나갔다가 어머니의 머리에서 뜨끈뜨끈한 밥을 받아 집으로 들어왔다.

그때쯤 되면 동네 사람들이 우리 집에 몰려온다. 그 밥을 사려고 말이다. 어머니는 밥 한 공기에 10원도 받고 20원도 받아서 살림도 보태고, 우리에게 용돈도 주셨다. 그러니까 어머니가 부대에서 일한 대가로 가져오는 밥은 그저 밥이 아니라 돈이었다.

어머니와 함께 일한 아주머니가 있었는데, 그분은 밥이 돈인 줄을 누구보다 잘 알았다. 그래서 항상 밥을 더 많이 가져가려고 눈독을 들였다. 그러면 어머니는 비닐 둘을 펼쳐 놓고 남은 밥을 한 공기씩 퍼서 공평하게 둘로 나눈다. 누가 봐도 어느 쪽이 더 많은지 모를 정도로 정확하게 나눈다. 다 나누고 나서 어머니 쪽에 있는 밥을 한 공기 듬뿍 퍼서 아주머니 밥에 올려준다. 그러면 아주머니는 사양하는 척하면서도 매우 기뻐하며 결국 다 가지고 갔단다. 그래서 두 분은 10년을 함께 일했어도 한 번도 다투지 않았다. 아주머니는 어머니와 헤어지고 나서도 우리 집에 여러 번 찾아왔다. 어머니는 얼마나 지혜로웠는가? 이것이 바로 착한 사람의 삶의 방식이다. 그러다 보니 착한 사람 주변에는 감동적인 일이 자주 일어난다.

많이 가져야만 좋은 것이 아니다. 내 것을 듬뿍 떠서 남에게 안겨줄 때 거기서 얻는 행복감이야말로 돈 주고도 살 수 없는 귀한 것이다. 그 여운은 오랜 세월 서로에게 남아 있어 삶의 기쁨과 동력이 되어준다. 쾌락은 한순간의 즐거움을 가져다주지만 행복은 오랜 세월 은은하게 지속되는 기쁨을 선사한다. 착한 사람은 일시적 쾌락이 아니라 장기적이고 영구적인 행복을 누리는 사람이다.

착한 사람은 세상을 행복하게 만든다

나는 행운아다. 이러한 감동적인 일을 수없이 경험했으니 말이다. 형편이 어려워 대학입시를 앞둔 고3 때도 아르바이트를 해야 했다. 대학에 합격했는데도 학비를 마련할 수 없어 입학을 포기해야 할 정도였다. 그런데 어느 날 교회 지인이 와서 "학비에 쓰라"는 말과 함께 마루에 봉투를 놓고 갔다. 등록금액을 어떻게 알았는지 전액을 주셨던 것이다. 그 돈이 없었더라면 내 인생은 어떻게 되었을까? 그 시절 나는 '이 은혜는 절대로 잊지 말아야지' 하고 수도 없이 결심했다.

20여 년이 흘러 어느 정도 생활이 안정되었을 때, 그 지인의 대학생 딸이 학비 때문에 어려움을 겪고 있다는 소식을 들었다. 그 말을 들은 순간 학비를 내주어야겠다는 사명감 내지는 책임감 혹은 당연한 마음이 지체없이 들었다. 이야기를 들은 아내도 흔쾌히 받아들였다. 수소문 끝에 지인을 만나 딸의 한 학기 등록금을 전하려 하자 깜짝 놀라서 펄쩍 뛰었다. 그게 언제 일인데 아직까지도 기억하고 있냐고, 자신은 잊은 지 오래라며 말이다. 나는 억지로 핸드백에 봉투를 끼워넣었다. 지인은 결국 눈물을 펑펑 흘리며 고맙다고 했다. 정작 고마운 사람은 나인데 주객이 전도된 느낌이었다. 액수로 계산하면 나는 5만 원을 받았고 350만 원을 주었으니 70배를 주었지만, 액수로 따질 수 있는 일일까? 내가 받은 금액은 나의 인생에서 쓰임 받은 가치로 따진다면 1억 아니 10억은 될 것이다. 오늘의 내가 된 첫 밑거름이니 말이다. 그날 이후로 내 마음은 한결 가벼워졌다.

내 주변에는 유독 착한 사람들이 많다. 나는 착한 사람들이 정말로 좋다. 그들 덕분에 행복하고, 사는 맛이 있으며 보람이 넘친다.

그들을 만나면 반갑고 마음이 편안해진다. 모든 것을 다 열어줄 수 있을 것 같다. 만사 무장해제가 되는 느낌이다.

죽을 사람도 살리는 착한 사람

세상이 각박하다고들 한다. 어느 누구를 만나도 편안하기가 쉽지 않다. 마음의 문을 단단히 걸어 잠그고 늘 서로 경계한다. 호시탐탐 먹이를 노리는 들짐승과 마주치는 느낌이다. 그런데 착한 사람을 만나면 모든 선입견을 다 내려놓게 된다. 신뢰의 마음을 한 자락 깔고 들어가니 말을 해도 수월하고 즐겁다. 긍정적 대답을 기대할 수 있으니 이야기를 하면서 신이 난다.

그래서 착한 사람들과의 모든 대화는 힐링이다. 착한 사람과의 만남 자체가 치유다. 혹시 그들로 인해 내가 손해를 본다 해도 전혀 아깝지 않다. 물론 착한 사람들도 약점이 있다. 그러나 앞에서 말했듯 무엇이 문제인지 분별하기만 하면 된다. 조금만 노력하면 쉽게 극복할 수 있는 문제다.

39세 여성이 갑작스러운 뇌사판정을 받고 죽음을 기다리는 처지가 되었다. 그녀는 자기 몸을 다른 사람들에게 기증하고 세상을 떠났다. 한 여성의 젊은 몸이 허무하게 사라지지 않고 6명에게 전달되었다. 비록 그녀는 죽었지만 다른 6명의 몸으로 장기가 이식되어 그들 속에서 다시 살게 된 것이다. 그녀의 조직은 100명에게 기증되었다.

그 여성은 평소에 자신의 몸을 기증하겠다고 밝혔고, 위급한 순간에 가족들은 그녀의 뜻이라고 생각하여 기증을 결정했다. 아직 죽지 않은 산 사람의 몸을 나누어주는 행위는 결코 쉬운 일이 아니다. 장기이식을 끝낸 딸의 얼굴은 엄마에게 이렇게 말하는 것 같았다고 한다.

"엄마, 나 잘했지?"

눈물 나게 감동적인 이야기다. 착하디착한 가족의 사연에 어떤 사족도 달 필요가 없다. 이렇게 착한 사람들이 있기에 세상은 더 밝고 아름다워진다.

착한 사람은 죽을 사람도 살린다. 자기 하나가 죽고 6명 심지어 100명도 살린다. 그야말로 부활의 몸이다. 이런 착한 사람을 누가 싫어할 수 있겠는가.

○
●

착한 것은 약점이 아닌 강점이다

가을이 되면 다람쥐들은 겨울 준비를 한다. 열심히 도토리를 주워 여기저기 땅을 파고 묻어둔다. 땅에 묻는 이유는 보관하기 좋고 다른 동물에게 빼앗기지 않기 위해서다. 여러 장소에 묻는 이유는 한꺼번에 모두 털리지 않기 위해서란다. 작은 동물의 기특한 생존의 지혜다. 하지만 도토리를 묻어놓은 장소를 다 기억하지 못해서 일부는 찾아서 먹고 일부는 그냥 잃어버리고 만다. 열심히 일했지만 어느 정도 헛수고한 셈이다.

그렇다고 다람쥐를 바보 취급하면 안 된다. 찾지 못한 도토리들은 싹을 틔워 나무로 성장하고 얼마 후에는 거기에서 또 도토리가 열리기 때문이다. 손해 같지만 도리어 큰 이익으로 돌아온다. 바보 같은 행동이 후손 대대로 먹을 수 있는 양식을 계속 보전하는 셈이다.

착한 사람들의 인생도 이와 같다. 당장은 바보 같고 손해 같은 일들이 나중에 보면 큰 이익이 되고, 생각지도 않은 엄청난 혜택을 지속적으로 누리게 된다.

한국유리공업의 설립자 최태섭 회장은 유리처럼 맑은 기업을 꿈꾸며 회사를 경영한 착하고 정직한 기업가이다. 그는 젊은 시절 만주 일대에서 수거한 콩을 대량 구매하여 중국인들에게 소매로 판매했다. 언젠가 화물열차 수십 량에 해당하는 엄청난 양의 콩을 계약, 중국 상인에게 콩을 넘기려는 순간 갑자기 콩값이 천정부지로 올랐다. 계약을 파기하고 다른 상인에게 팔면 위약금을 물어주고도 어마어마한 이익을 남길 수 있는 상황이었다. 모든 중계업자들이 다 그렇게 했고 어느 누구도 그걸 문제 삼지 않았다.

그러나 최태섭 회장은 "계약은 약속이고 신용"이라고 하며 자신은 그렇게 할 수 없다고 했다. 그와 거래하는 중국 소매상들은 크게 감동하여 자기들이 얻은 이익의 절반을 최 회장에게 돌려주겠다고 했지만 그마저도 거절하며 계약대로 판매했다. 당시 그가 포기한 금액은 쌀 4만 가마니를 살 수 있는 거액으로, 공장 몇 개는 너끈히 세울 수도 있었다.

최태섭 회장은 바보인가? 정신 나간 사람인가? 그렇게 고지식한 그는 나중에 어떻게 되었을까? 최 회장은 결코 바보가 아니었다. 사업하면서 가장 귀한 것이 무엇인지 명확히 알고 있는 사람이었다. 그 일은 중국 상인들 사이에 엄청난 화제를 불러일으켰고, 너도 나도 앞다퉈 최 회장과 거래하겠다고 몰려들었다. 그의 회사가 일취월장 발전하고 번창하게 된 것은 두 말할 필요도 없다. 그것이 토대가 되어 훗날 한국유리를 창업하였다.

국가청렴도가 1%만이라도 오른다면

착함은 약점처럼 보이지만 사실은 엄청난 강점이다. 그래서 확신 있는 사람은 위험을 무릅쓰고 착함을 생활 속에서 실천하며 산다. 그것이 참으로 값지고 소중한 가치이기 때문이다.

내가 가장 듣기 싫은 말은 "사람은 착하면 안 된다"이다. 명백히 틀린 말이다. '착하면 성공할 수 없다', '착한 사람은 무능하다', '착한 사람은 호구다' 이런 생각을 반드시 고쳐주고 싶다. 착한 것은 약점이 아닌 강점이다. 진짜 성공하려면 착해야 한다. 성공의 1순위가 무엇인가? 사회과학적 연구결과에 의하면 '정직'이 1위다. 그런데도 계속 "정직하면 손해 본다"고 말하겠는가?

정직이 사회와 국가에 가져오는 유익은 우리의 상상을 뛰어넘는다. '국가청렴도'라는 것이 있다. 국가적으로 사회적으로 국민들이 얼마나 깨끗하고 정직하게 살아가느냐를 측정한 지표이다. 서울시립대 반부패행정시스템연구소의 연구결과에 따르면, 놀랍게도 국가청렴도가 겨우 1점 상승할 때마다 외국인들의 투자관심도는 26% 상승하고, 1인당 교역은 31%, 1인당 GNP는 25% 올라간다고 한다. 국민들이 착하고 정직해야 부유하게 잘살 수 있다는 뜻이다.

"착한 사람은 호구"라는 말은 어폐가 있다. 물론 호구인 사람도 간혹 있지만 호구 아닌 착한 사람이 더 많기 때문이다. 착한 사람이 호구가 아니라 착한 것과는 상관없이 호구이니까 호구이다. 호구가 아닌 착한 사람이라고 한다면 그 착함이 얼마나 큰 강점일까? 착한 사람을 싫어하는 사람은 거의 없다. 설령 있다 해도 소수에 불과하다. 착한 사람이 지닌 엄청난 장점이 있기 때문이다.

덧붙여, 착한 사람의 아주 중요한 강점은 자신만만하다는 것이다. 착한 사람은 어딘지 모르게 소심하고 내성적이라는 선입견이 있지만 나는 그렇지 않다고 생각한다. 정말 착한 사람은 자신만만하다. 어디를 가든 누구를 만나든 거리낄 것이 없기 때문이다. 주변에 착하고 유능한 사람을 살펴보라. 거침없이 마음껏 자유로우며 누군가를 두려워하지 않는다. 착하니까 무서울 게 없다. 진정한 용기는 선함과 정직함에서 나온다. 간혹 악인이 용감한 듯 보이지만 그것은 가짜다. 억지 쓰는 것이고 자기기만이다. 진정한 용기는 정직함에서 나온다.

착한 것은 약점이 아니라 강점이다. 추호도 착한 자신을 탓하지 말라. 자기의 못남을 착한 탓으로 돌리지 말라. 착한 게 문제 있는 것이 아니라, 못난 게 문제 있는 것이다. 착한 사람들 중에 간혹 "왜 나만 착해야 해?"라고 불평하는 사람들이 있다. 바보 같은 소리다. 착한 것은 손해인가 아니면 특권인가? 특권이다. 착함은 행운이자 축복이다. 아름다운 성공을 보장한다. 참다운 행복을 예약한다. 찬란한 미래를 확정한다.

○
●

동안이 되는 비결

우리가 흔히 착하다고 생각하는 사람들을 보면 70~80%가 동안이다. 왜 그럴까? '그냥 우연히'는 분명 아니다. 다 이유가 있다. 무엇보다도 착한 사람들은 다른 사람들과의 관계에서 갈등과 스트레스가 적기 때문일 것이다. 착한 사람들은 타인과 부딪히기를 싫어해서 웬만하면 양보한다. 양보하고 타협하니 불협화음이나 갈등도 적다. 스트레스도 그만큼 줄어든다. 그러다 보니 사건, 사고 횟수도 자연스레 적어진다.

남을 서운하게 만드는 사람, 타인과 원만한 관계를 형성하지 못하고 불편한 관계를 만들고 투쟁 구도를 조성하는 사람들은 그만큼 사건 사고의 불씨를 만든다고 할 수 있다. 그러니 전체적으로 보면 그런 사람들에게 유난히 사건 사고가 많이 일어난다. 그들을 보면 '도대체 왜 저렇게 힘들게 살아갈까?' 의아할 때가 있다. 그런 사람들에게는 스트레스 받을 일이 얼마나 많겠는가. 반면 착한 사람들은 상대적으로 그럴 일이 적다.

사람이 빨리 늙고 병이 생기고 단명하는 주요 원인이 스트레스라는 것은 삼척동자도 아는 사실이다. 스트레스의 해독은 상상을 초월한다. 고혈압, 당뇨, 관절염, 우울증, 각종 내외과 질환, 암 등 온갖 질병의 가장 큰 원인이다. 정신질환은 말할 것도 없고 내과 질환 입원 환자의 70%정도가 스트레스와 직접적 관련이 있다고 한다. 스트레스를 줄이는 것이 건강의 지름길이다. 그런 의미에서 착한 사람은 상대적으로 건강할 수밖에 없다.

미국 리버사이드대학 심리학과 연구진의 조사에 따르면, 양심적이고 배려심 강하며 이타적인 사람이 이기적이고 남을 이용하려는 성향의 사람보다 30% 더 장수한다고 한다. 미시간대학의 사회연구소 교수 스테파니 브라운(Stephani Brown) 박사는 수백 쌍의 부부를 5년간 연구한 결과, 남을 돕고 사랑을 베풀고 정기적으로 봉사하는 사람이 그렇지 않은 사람에 비해 사망률이 두 배 더 낮다고 학술지 〈심리과학(Psychology Science)〉에 발표했다. 그러면서 남을 돕고 배려하고 착한 삶을 사는 것이 장수의 비결이라고 주장했다.

남을 도울 때 건강에 가장 큰 도움이 된다

미국 MD앤더슨 암센터의 종신 교수 김의신 박사는 미국 최고 의

사에 11번이나 선정된 인물이다. 그는 강의에서 이런 말을 했다.

"대가 없이 남을 도울 때 가장 큰 기쁨이 있고 그것이 건강에 매우 큰 도움이 된다. 건강의 최대의 적은 스트레스인데 남을 돕는 착한 사람은 스트레스를 가장 적게 받는다."

"암 치료의 비결은 첫째는 영양이고 둘째는 마음의 평안이다. 남을 위해 일하는 착한 사람은 마음이 평안하고 안정되어 있어 질병 치료에도 큰 도움이 된다."

착한 사람은 적이 거의 없어 마음이 편하다. 남과 다툴 일도 거의 없다. 다툴 일이 생기면 그 자리를 피하거나 자신이 양보하여 긴장된 상황을 풀어간다. 남에게 베풀기도 잘하고 손해도 많이 보지만 남이 알지 못하는 행복을 누린다. 그 행복이 건강을 유지시킨다. 남을 돕는 사람이 기쁠까, 남에게 도움 받는 사람이 기쁠까? 돕는 사람이 더 기쁘다는 연구결과가 있다. 자신을 위해 돈을 쓸 때보다 남을 위해 돈을 쓸 때 행복감이 더 크다. 남을 돕고 이해하고 배려하는 사람이 그렇지 않은 사람에 비해 정신상태가 훨씬 더 건강하다는 조사도 있다.

'마더테레사 효과(Mother Teresa Effect)'는 테레사 수녀처럼 타인을 위해 봉사하고 선한 활동을 하면 인체의 면역기능이 크게 향상되고 건강이 회복되어 더욱 행복해진다는 이론이다. 1998년 하버드대학 의과대 연구팀이 실험 대상자 132명에게 테레사 수녀가 봉사하는 영상을 50분간 보여주고 항체를 조사한 결과, 다른 영상을 본 그룹보다 면역항체 수치가 크게 높아졌으며 이는 며칠 혹은 몇 주간 지속되었다. 의학적으로도 혈압과 콜레스테롤 수치가 현저히 낮아지고 엔도르핀이 정상치보다 3배 이상 분비되었다. 직접 봉사 활동을 하지 않고 간접적으로 보기만 해도 그 효과가 나타난 것이다. 이러한 현상은 경험을 통해서도 쉽게 알 수 있다. 선한 일을 하면 기분이 뿌듯하고 스트레스가 해소되고 자존감이 향상되는 느낌을 받는다.

록펠러는 왜 변화된 사람이 되었나

세계적인 부자 록펠러의 이야기가 그 좋은 사례이다. 그에 대한 평가는 많이 엇갈리지만 그가 병을 앓고 난 이후 완전히 달라졌다는 사실은 대부분 공감할 것이다. 록펠러는 세계 역사상 최고 부자로 꼽힌다. 최전성기일 때 그의 재산은 15억 달러로, 당시 미국 국내총생산(GDP)의 1.5%에 달했다. 2019년 미국 GDP에 적용하면 3,310억 달러(416조원)에 해당한다. 그런 그가 인생의 전환점을 맞이하게 된다. 53세가 되었을 때 심각한 피부병에 걸려 죽을 지경에 이른 것이다. 머리카락과 눈썹이 빠지고 몸도 심하게 말라갔다. 심지어는 먹을 수조차 없어 최고의 부자가 겨우 비스킷 한 조각과 우유 한 잔으로 연명하는 처지였다. 의사는 1년밖에 못 살 거라고 진단했다.

그러던 어느 날 록펠러는 병원에서 어린 딸의 병원비 문제로 소동을 일으키는 부모를 목격했다. 그 순간 록펠러는 즉시 비서를 시켜 남몰래 아이 병원비를 지불했고 나중에 그 아이가 기적적으로 회복되었다는 소식을 듣는다. 록펠러는 그 순간이 자신의 일생에서 가장 행복했다고 한다. 이후 그 역시 질병에서 점차 회복되기 시작했다.

록펠러는 자선사업 단체를 만들어 엄청난 기부의 삶을 실천했다. 어려운 사람들을 돕고 수많은 병원과 24개나 되는 대학, 5천 개의 교회를 세웠다. 그중 세계적 명문대학인 시카고대학은 2000년까지 73명의 노벨상 수상자를 배출했다. 이렇게 록펠러는 수입의 대부분을 자선 사업에 바쳤다.

그런 그가 어떻게 되었는지 아는가? 사업가로서는 드물게 98세까지 장수했다. 53세에 죽을 사람이 98세까지 산 것이다. 그럴 수 있었던 요인은 무엇일까? 말할 필요도 없다. 남을 위해 일하고, 베푸는 삶, 선한 인생을 살았기 때문이다. 그는 인생을 마감하는 자리에서 이렇게 말했다.

"삶이 이렇게 행복한 줄 미처 몰랐습니다. 나의 인생 후반은 정말 평안하고 행복한 시간이었습니다."

평안하고 행복하길 원하는가? 그렇다면 지금부터라도 착한 사람의 길을 걸으라.

나의 일은 결코 스트레스가 적지 않다. 어떤 일보다도 스트레스를 많이 받을 수밖에 없다. 그런데도 나는 스트레스를 많이 받지 않는다. 물론 특별한 상황이 벌어지면 그때는 전혀 다르리라 생각하지만 평소에는 스트레스가 거의 없는 편이다. 건강진단을 받으면 다른 항목보다 스트레스 지수가 가장 낮게 나타난다. 이 점에 대해 나는 감사한다.

사람들은 나를 젊게 봐준다. 나이보다 5년에서 7년은 젊어 보인다고 말한다. 매일 하는 운동 덕분일 수도 있지만 무엇보다도 마음이 편안하기 때문일 것이다.

동안이 되고 싶은가? 오래 살기를 바라는가? 그렇다면 착한 삶을 살라. 착한 사람이 되기를 힘쓰라. 당신은 착한 사람인가? 그렇다면 안 봐도 알 수 있을 것 같다. 당신은 동안임에 틀림없다. 당신의 착함에 감사하고, 착함에 대해 긍지를 가지라.

○
●

Simple is the Best

오래 전, 이스라엘 비행기가 괴한에게 납치된 사건이 있었다. 이스라엘 당국은 즉시 특공부대를 결성해 침투 작전을 세웠다. 특공대장은 대원들에게 한 가지 명령을 내렸다. 그 비행기에 진입하면 딱 한 마디만 외치라고 했다. 이스라엘 말로 "엎드려!"였다.

"엎드려"라고 외쳤을 때 그 말을 알아듣고 엎드릴 사람은 이스라엘인일 테고, 엎드리지 않는 사람은 괴한일 것이다. 그러니 엎드리지 않은 사람을 사살하면 된다는 명령이었다.

작전이 시작되고 비행기에 몰래 침투한 특공대원들은 사람들을 향해 크게 외쳤다.

"엎드려!"

이스라엘 사람들이 다 엎드리자 대원들은 엎드리지 않은 사람들에게 총격을 가했다. 괴한들은 모두 사살되었다. 그런데 불행히도 이스라엘 사람 한 명이 죽었다. 그는 대학교수였다. 그는 엎드리라는 말을 듣고도 '왜 엎드려야 하지? 엎드리라는 이유가 뭐지?' 이것저것 복잡하게 생각하다가 결국 총에 맞고 죽었다 한다. 평소 단순하게 산 사람들은 모두 살았고 복잡하게 따지는 사람은 죽었던 것이다.

착한 사람의 특징 중 하나는 단순하다는 것이다. 생각이 단순하고 행동이 간명하며 생활 방식도 간단하다. 단순한 것이 큰 장점이다. 단순한 이유는 간단하다. 정직하고 진실하기 때문이다. 사람들이 왜 복잡한가? 바르지 못하고 순수하지 못하기 때문이다. 바르지 못하니까 바르지 못한 것을 감추는 수단으로 일을 복잡하게 만든다.

함께 일했던 A라는 직원이 있었다. 그의 일 중 하나는 자판기 관리였다. 매우 단순한 일이다. 그런데 그가 가져온 현금과 장부를 살펴보니 어찌나 복잡한지 이해하기 힘들 정도였다. 돈을 어디에 어떻게 썼는지 명확하지 않았다. 설명도 뭐가 뭔지 알아듣기 힘들었다. 나는 '정직하지 않으니까 일을 복잡하게 만드는구나' 생각했다. 큰 돈은 아니었지만 그 후로는 A에게 돈 관련 업무를 맡기지 않았다.

"심플(Simple)하지 않으면 신풀(Sinfull)하게 된다"는 말이 있다. 단순하지 않으면 죄로 가득하게 된다는 뜻이다. 진실한 사람은 단순하지만 거짓된 사람은 복잡하다. 그래서 말도 많고 탈도 많다. 삶이 복잡하고 어지럽다. 자기가 저질러 놓은 게 많아서 그렇다. 얽히고설킨 것이 많으니까 삶이 복잡하고 힘들다.

그러나 착한 사람은 삶이 단순명료하다. 깨끗하다. 머리 아플 것도 없다. 어지럽게 저지른 일이 없으니 특별히 신경 쓸 것도 없다. 생활이 편안하고 자유롭다. 이것이 착한 사람들에게 주시는 신의 선물이다.

단순한 마음이 스트레스를 없앤다

그런데 착한 것 같은데 복잡하게 사는 사람들이 간혹 있다. 우유부단하고 일을 맺고 끊는 게 명료하지 않아 여러 사람을 힘들게 한다. 엄밀히 말하면 이런 사람들은 착한 사람이라 할 수 없다. 복잡하고 어지러우면 정직하고 진실할 수 없기 때문이다. 착함을 위장한 비겁한 사람이다.

나는 단순함을 좋아한다. 복잡한 것은 정말 싫다. 머리가 아프다. '복잡할 이유가 무엇인가? 사는 게 다 그렇지, 아무리 대단하다 한들 뭐 그리 어렵게 복잡하게 만들어야 할까?' 생각한다. 그래서 아인슈타인의 "단순하게 설명하지 못하면 제대로 이해하지 못한 것이다", 레오나르도 다 빈치의 "단순함이란 궁극의 정교함" 같은 말들이 마음에 와닿는다.

나는 말할 때 핵심 요약이 무엇인지 늘 생각한다. 강의를 들어도 한마디로 요약하면 무엇인지를 고민한다. 남의 말을 들을 때도 중심 내용을 고려하면서 듣고, 핵심이 없는 사람은 어딘지 모르게 중심을 못 잡는 사람은 아닌가, 생각하게 된다.

착한 사람은 단순할 수밖에 없다. 착하니까 그렇다. 그 단순함이 가장 큰 강점 중 하나다. 단순함은 힘이 있다. 단순함은 명료하다. 단순함은 편안하다. 단순함은 깨끗하다. 단순함은 행복하다. 그리고 단순함은 집요하다. 단순함이 최고다(Simple is the Best).

단순함은 돋보기의 렌즈와 같이 힘을 모은다. 그래서 초인적 능력을 행하기도 하고, 위기 상황에서 뜻밖의 괴력을 발휘하기도 한다. 보통사람으로서는 도저히 할 수 없는 문제를 해결하기도 한다.

나의 삼촌은 전방에서 근무했는데, 상병 시절의 어느 날 한 일병이 반란을 일으켰다. 부대 생활에 불만을 품고는 총기 난동을 부린 것이다. 내무반에 부대원들이 모두 모여 있는 내무반에 들어가 "꼼짝 마! 움직이면 다 죽인다. 두 손 들어!" 하면서 천장을 향해 총을 몇 발 발사했다. 부대원들은 사색이 되어 손을 들었다.

일촉즉발의 위험한 상황이었다. 섣불리 나섰다가는 총에 맞아 죽을지 모른다는 공포에 내무반은 쥐죽은 듯 조용했다. 그때 삼촌이 천천히 일어나 그 병사에게 다가가며 말했다.

"조 일병, 내가 잘못했다. 불만이 있다면 나를 죽여라. 아니면 총을 내려놔라."

가까이 다가갔을 때 삼촌은 전광석화 같은 손동작으로 그를 내리치면서 총을 낚아챘다. 그리고 순식간에 그를 덮쳤고 상황이 끝났다. 정말 대단한 무용담이다. 삼촌 덕분에 내무반원들 모두 살 수 있었다. 그 이야기를 들으며 삼촌이 얼마나 자랑스러웠는지 모른다.

단순한 부부가 행복하게 산다

나는 삼촌이 정말 착하다는 걸 안다. 착하니까 단순하다. 단순하니까 여러 가지 생각을 하지 않아서 엄청난 추진력을 발휘한다. 본인이 나서지 않으면 수많은 사람이 죽을지도 모르는 절체절명의 상황임을 알기에 용기를 내어 담대히 나섰다. 그래서 어느 누구도 감행할 수 없었던 엄청난 일을 해냈다. 이것이 착한 사람이 지닌 강점이다.

또한 단순하면 행복하다. 아이큐가 낮을수록 부부 사이가 좋다고 한다. 상대를 향한 나쁜 감정은 빨리 잊을수록 서로에게 이득이다. 어차피 평생을 함께 살 사람, 혹여 앙금이나 감정이 있어도 훌훌 털어버리는 게 상책이다. 부부 사이에는 머리를 굴리면 굴릴수록 불행해진다. 논리와 계산으로 해결하려 들면 평생 평행선이다. 그냥 히히 웃고 잊는 게 묘수다. 그래서 아이큐가 낮을수록 행복하다고 하는 것이다. 쉽게 단순하게 살자. 복잡하고 까다롭게 하지 말자. 그래야 평안하고 행복하다.

"정말 물이 깊으면 수면이 잔잔하다. 정말 실력이 있으면 쉽게 가르친다. 정말 맛있는 음식은 담백하다. 정말 믿음이 깊어지면 단순해진다. 정말 깊은 진리는 지극히 평범하다. 정말 행복한 삶은 가장 일상적인 삶이다."

어디서 본 좋은 글이다. 단순한 글을 읽으면 머리가 맑아지고 상쾌해진다.

○
●

은혜의 선순환

나의 소신 중 하나는 은혜를 잊지 않는 것이다. 내게 잘해준 사람에게 잘해주지 못하면서 이 세상에서 무슨 선한 일을 하겠는가? 그래서 은혜를 입은 사람에게는 어떻게든 그 은혜를 기억하려 하고 갚으려 노력한다. 사람에게는 은혜가 부담스러워 가급적 빨리 잊으려는 속성이 있는 것 같다. 그러므로 은혜는 의도적으로 떠올려서 의지적으로 잊지 않으려 노력해야만 간직할 수 있는 덕목이다. 은혜는 저절로 되어지는 것이 아니라 의지적인 일이다.

사람들은 은혜를 잘 기억하고 받은 것을 고맙게 여기고 은혜 갚는 삶을 살아갈까? 그럴 것 같지만 사실은 아니다. 은혜를 잊지 말아야 한다는 정도는 알고 있으나 그것을 기쁜 마음으로 실천하는 사람은 매우 드물다. 은혜 받은 사람에게 얽매이기 싫기 때문이다. 그리고 은혜를 빚 혹은 짐으로 생각하기 때문에 할 수 있으면 축소시키고 때로는 배신하기도 한다. 그렇게 함으로써 자기가 받은 은혜가 별것 아니라는 것을 드러내고 은혜 받은 사람에게 얽매이는 끈을 끊어버리려 한다.

그래서 은혜를 받은 사람이 오히려 은혜 베푼 사람의 뒤통수를 치는 경우를 많이 본다. 나도 그런 상황을 직간접적으로 많이 경험했다. 잘해주면 더 잘해주어야 하는데 잘해주는 사람에게 오히려 더 나쁘게 군다. 그래서 때로는 잘해주기가 겁나기도 한다.

그러나 착한 사람은 은혜를 배신하는 것을 결코 용납하지 못한다. 은혜를 잊거나 거역하기를 죽기보다 싫어한다. 사람의 도리가 아니라는 것을 알기 때문이다. 이것이 착한 사람이 가진 엄청난 강점이다. 이 강점이 상대에게 전달되면 상대는 이 착한 사람을 완전히 신뢰한다. 그리고 무한정 그에게 일을 맡긴다. 그러니까 모든 일에 선순환이 이루어진다. 은혜를 받고 은혜를 잊지 않고, 또 다른 은혜를 받고 또 그 은혜를 잊지 않고……. 사람에게 가장 큰 신뢰를 형성할 수 있는 요인은 바로 이 은혜에 대한 태도이다.

은혜는 신뢰에 대한 시험대다. 내 쪽에서 먼저 은혜를 베풀고 그걸 받은 사람이 어떻게 하는지 관찰해 보라. 그러면 그 사람에 대한 신뢰도를 거의 정확히 체크할 수 있다. 은혜를 잊는 사람을 가리켜 싹수가 없다든지, 돼먹지 않았다든지 하며 과하게 말하는 이유가 거기에 있다. 반면 은혜를 잊지 않고 갚는 사람에게는 또다시 더 큰 은혜의 선물을 주고 싶고 그에 대한 신뢰도는 한층 더 높아진다.

깡패들의 세계에는 '의리'라는 것이 있다. 그것이 나쁜 쪽으로 작용해서 문제지, 사실은 은혜를 잊지 않겠다는 뜻 아니겠는가. 다른 건 몰라도 은혜는 잊지 말아야 한다. 그래서 은혜를 잊는 놈은 가차 없이 죽음을 맞는다. 반대로 은혜를 잊지 않고 의리를 지키는 놈은 조직원들이 목숨 걸고 보호하고 지켜준다. 그래서 깡패들은 의리를 생명처럼 여긴다. 그 점에 있어서는 그들이 우리의 스승이다.

나는 지금까지 살면서 은혜를 참 많이 받았다. 지인 덕분에 등록금을 내고 대학에 다닐 때, 이번에는 학비를 지원하겠다는 독지가가 나타났다. 하늘이 내린 은혜였다. 존경하는 선배님을 중간다리로 해서 나를 연결해준 것이다. 3~4학년 2년간 받았는데 한 학기 등록금이 5만 원이던 시절, 그분이 매달 5만 원을 지원해주겠다고 하셨다. 얼마나 엄청난 일인가! 그분은 사업으로 얻은 이익을 좋은 일에 쓰고 싶어서 대학생들의 학비를 지원하는 사업가였다.

지금으로 말하면 수백만 원 되는 금액을 매달 2년 동안 받았으니, 이렇게 엄청난 장학금을 받은 사람이 어디 있겠는가. 얼마나 큰 은혜인가! 학비는 물론이고 기숙사비, 생활비, 책 구입비 등에 사용하고도 남아서 얼마간은 집으로 보내기도 했다. 지금 생각하면 기적과 다름없다.

나는 그 은혜를 결코 잊지 않겠다고 다짐 또 다짐했다. 대학원

논문을 쓰면서 인사말에 그분의 이름을 기록하고 감사의 말을 적었다. 이후에도 은혜를 갚을 방법을 생각했는데 특별한 계기가 없었다. 단지 그분의 아들이 결혼할 때 봉투를 두툼하게 해서 드렸더니 왜 그렇게 축의금을 많이 했냐며 전화를 주셨다. 받은 은혜에 비하면 턱도 없는 것이었다. 지금도 기회가 닿으면 은혜에 대한 보답을 잊지 않으려 마음먹고 있다.

평소에 받은 은혜를 생각하다 보니, 그동안 많이 애용했던 10권의 주석 책을 쓴 저자에게 감사 표현을 해야겠다는 생각이 들었다. 그 책을 통해 많은 도움을 받았기 때문이다. 그 책을 사용할 때마다 감사한 마음이 들어 여기저기 수소문해서 알아보았으나 안타깝게도 이미 돌아가셔서 어떻게 할 수 없었다. 그분 가족에게라도 감사의 표현을 해야겠다고 마음에 새기고 있다.

지금 글을 쓰면서도 여러 사람들에게 받은 은혜가 떠오른다. 조금만 신경 쓰면 기쁨으로 보답할 수 있을 텐데, 정말 쉽지 않은 일임을 다시금 실감한다. 은혜를 기억하는 것이 무엇보다 중요한 까닭은 그것이 선순환을 일으키기 때문이다. 그래서 그런지 나의 삶에는 은혜 받는 일과 갚는 일이 반복해서 일어나고 있고 그것이 나의 인생에 크나큰 행복과 기쁨을 안겨준다.

"은혜를 모르는 것은 근본적인 결함이다. 그렇기에 은혜를 모르는 사람은, 삶이라는 영역에서 무능한 자라 할 수 있다. 타인의 은혜에 감사할 줄 아는 마음은 건실한 인간의 첫 번째 조건이다."

– 괴테

착한 사람들이여, 당신은 건실한 인간의 첫 번째 조건을 갖추었다. 은혜에 대한 당신의 아름다운 마음은 엄청난 강점이다. 그 강점을 끝까지 가져가길 바란다. 의지력을 발휘해서 사람의 마땅한 도리를 지킬 때, 남들이 알지 못하는 선순환의 행복을 선물로 얻으리라.

○
●

착한 사람은 신이 도우신다

신의 존재를 인정하는 사람도 있고 부정하는 사람도 있다. 그러나 신의 존재를 인정하지 않더라도 이 세상에는 합리적인 사고로는 쉽게 설명하기 어려운 일들이 종종 벌어지고 있다는 사실은 수긍할 것이다. 확률로 따지면 거의 일어날 수 없는 일, 이성적인 생각으로는 쉽게 받아들이기 어려운 사건들이 때때로 일어난다. 우리는 그것을 기적이라고 말한다. 그런데 착한 사람들에게는 이런 기적 같은 일이 종종 발생한다. 우연이라 할 수도 있고 신의 도움이라 할 수도 있지만 나는 신의 도움이라고 말하고 싶다.

세상은 질서에 따라 움직인다. 봄이 지나면 여름이 오고 여름이 지나면 가을 그리고 겨울이 온다. 아침이 지나면 저녁이 오고 저녁이 지나면 다음 날 아침이 된다. 이러한 질서를 부여한 분을 신이라고 부르자. 이 신은 자연 질서만이 아니라 세상 모든 역사와 나라와 사회에도 질서를 부여해놓았다. 그 질서는 선을 바탕으로 움직인다. 그래서 세상의 역사는 선한 방향으로 흘러간다. 나라와 사회 어떤 모임이나 단체가 되었든 그것들을 움직이는 법과 규범도 역시 선을 지향한다. 심지어는 독재국가나 혹은 깡패집단이라 할지라도 그들 나름의 선이 존재하고 그 선에 따라 모든 것이 움직인다. 이것이 신이 만들어놓은 세상 질서다.

그런데 이 선한 질서가 깨질 때가 있다. 그럴 때는 간혹 신이 개입하여 특별한 방법과 현상으로 깨진 질서를 수정해주신다. 그 깨진 질서를 수정해 주는 것, 그것이 신이 착한 사람을 도우신다는 말이다. 그래서 신이 착한 사람을 돕는 일은 드물지 않게 일어난다. 선을 기반으로 한 질서가 흔들릴 때 신이 때때로 그것을 교정해 주는 것이다.

몇 년 전 내가 일하는 곳에 도둑이 들었다. 500만 원이 넘는 비싼 음향기기를 훔쳐간 것이다. 누가 가져갔는지 도저히 감을 잡을 수 없었다. 그런데 한 번이 아니었다. 새것으로 사다 놓으면 또 가져가고 또 새로 사다 놓으면 또 가져가고……. 무려 5번이나 사라졌다. 대략 3,000만 원어치를 잃어버렸다. 그동안 CCTV를 설치하고 잠금장치를 새로 달고 별의별 단속을 해도 소용이 없었다. 경찰서에 신고해도 뾰족한 답이 없었다.

그러자 음향기기를 담당하는 직원이 가져가지 않았을까 하는 의구심이 생겼다. 다른 직원들도 담당 직원의 짓이 분명하다고 귀띔해주었지만 명확한 물증이 없었다. 어쨌든 그대로 지낼 수 없어 담당 직원을 그만두게 했다. 물론 당신이 도둑이니 사임하라고 말하지는 않았다.

그러나 그 직원은 이미 눈치를 채고선 "도둑이라는 누명을 쓰고 해고당했다. 억울하다"며 주변 사람들을 선동하고 다녔다. 나의 리더십과 위치도 크게 흔들릴 지경이었다. 어쩌면 내 인생 최대의 위기일 수 있었다. 다급해진 나는 신께 빌었다. 물증을 보여 달라고 간절히 기도했다.

신은 잘못된 질서를 바로잡으신다

어느 토요일, 차를 몰면서 심각하게 고민하던 중에 갑자기 마이크가 생각났다. 왜 그때 마이크가 떠올랐는지는 나도 모른다. 순간 '아, 마이크에 물증이 있다!'는 확신이 들었다. 급히 사무실로 돌아와 금고에 보관 중이던 마이크를 꺼내 자세히 들여다보았다. 거기에 명확한 증거가 있었다. 새 마이크가 아니라 낡은 마이크였던 것이다. 글씨가 닳고 닳아 희미하게 지워져 있었다. 마이크를 도둑맞은 후 180만 원짜리 새 마이크를 사 놓았는데 담당 직원이 10만 원짜리 헌 마이크로 바꾸어놓고 새 마이크는 빼돌려 팔아먹은 것이다.

그 직원을 불러 마이크를 보여주고 자초지종을 물었다. 결국 그는 자신이 저지른 모든 범죄를 다 자백했고 사건은 종지부를 찍었다. 그날 내 머릿속에 마이크가 떠오르지 않았으면 어떻게 되었을지 생각만 해도 아찔하다. 물증이 없었다면 도둑이 오히려 큰소리를 치고, 나는 무고죄로 처벌받았을지도 모른다. 결국 신이 나를 도우셨다. 신은 그러한 부당한 상황을 방치할 수 없었던 것이다. 신은 착한 사람의 편이다. 악이 선을 이기는 절체절명의 상황에서 신이 잘못된 질서를 교정해주셨다.

물론 반박할 사람들도 많을 것이다. 그저 우연에 불과하다, 신의 도움이 아니라 당신의 잠재 능력으로 그런 생각을 떠올린 것이다, 단지 운이 좋았을 뿐이다 등등 여러 주장을 펼칠 수 있다. 그런 사람은 그렇게 생각하면 된다. 그러나 나는 신이 도우셨다고 분명히 확신한다. 선에 기반을 둔 세상 질서에 어긋나는 상황을 그대로 지나칠 수 없어 그 상황에 개입한 것이라고 굳게 믿는다.

미국 아이젠하워 대통령이 제2차 세계대전 연합군 최고사령관일 때의 이야기다. 어느 날 긴급회의가 있어 급히 유럽 전선의 사령부로 향했다. 그날은 폭설이 쏟아져 도로 사정이 좋지 않았고 날씨도 몹시 추웠다. 그런데 도로 부근에서 추위에 떨고 있는 노부부가 눈에 들어왔다. 아이젠하워는 즉시 참모에게 그들의 상황을 알아보라고 지시했다. 노부부는 아들을 찾으려고 길을 나섰다가 차가 고장 나는 바람에 곤란에 처했다는 것이다. 참모는 아이젠하워에게 말했다.

"경찰에 연락해서 저들을 돌보라고 지시하겠습니다. 우리는 급히 사령부에 가야 합니다."

그러자 아이젠하워가 말했다.

"경찰이 오기를 기다리다가는 저 노인들이 길거리에서 얼어죽겠소. 아무리 급하다 해도 저들을 살려야 하지 않겠소?"

아이젠하워는 노부부를 태우고 목적지까지 데려다주었다. 그런 이후에 사령부에 도착해서 늦게나마 회의를 마쳤다. 여기까지는 특별한 일이 아닐 수 있다. 그런데 아이젠하워가 가는 길목에 독일의 저격수들이 매복하여 기다리고 있었다. 만약 참모의 말을 들었다면 그들의 총에 맞아 죽었을지도 모른다. 그러나 추위에 떠는 노부부를 그냥 지나치지 못하고 그들을 구한 아이젠하워의 선한 마음이 결국은 그를 구했다.

신은 착한 사람을 도우신다. 이런 경우는 매우 특이한 케이스라고 할 수 있지만, 심심치 않게 일어난다는 사실은 부인할 수 없다. 오비디우스는 "선한 자는 하늘에서 특별히 돌본다"고 말했다. 사건이 아주 이례적이거나 극적인 경우, 불가능이 현실이 된 경우, 혹은 확률로는 거의 제로인 상황, 그때 '신이 도우셨다'는 말 외에 어떤 다른 말을 할 수 있겠는가!

착한 사람은 바보가 아니다

세속에 많이 물든 사람들이 착각하는 것이 있다. 착한 사람을 바보 취급하는 것이다. 착한 사람은 바보가 아니다. 바보처럼 보일 뿐이다. 알 것은 다 안다. 알면서도 모르는 척할 뿐이다. 자기를 드러내지 않는 특성 때문일 수도 있고, 구태여 자기가 안다는 것을 나타낼 필요가 없다고 생각하기 때문일 수도 있다.

일부러 바보처럼 사는 위대한 사람도 있다. 나는 그런 사람을 존경한다. 그런 사람은 심지어 자기가 바보 취급받는 것조차 대수롭지 않게 여기며, 자기 일에만 전심전력한다. 그 모습을 보면 저절로 머리가 숙여진다.

바보 의사 장기려 박사의 이야기는 초등학교 교과서에도 나온다. 북한에서 김일성을 수술했을 정도로 의술이 뛰어났으며 사회에서 대단한 명성과 지위를 인정받은 의사였다. 6.25가 발발하자 북에 가족을 남기고 오직 차남과 함께 남한으로 피난하여 부산에 자리 잡은 그는 피난민들을 위한 복음병원을 세우고 어려운 사람들에게는 무료로 의술을 펼친다.

그에 대한 감동적인 일화는 매우 많다. 길을 가다가 적선을 요청한 걸인을 그냥 지나치지 못한 장 박사는 주머니를 뒤졌으나 현금이 없었다. 그러자 병원에서 한 달 봉급으로 받은 수표 한 장을 걸인에게 건네주었다. 수표를 현금으로 바꾸려 은행에 간 걸인을 수상히 여긴 직원이 경찰에 신고하는 바람에 걸인이 잡혀가는 일도 있었다. 치료 받은 환자가 병원비를 내지 못하면 자신의 급여를 가불해 대신 내주기도 했다. 나중에 병원에서 그것을 알고 그렇게 하지 못하도록 막자 밤에 몰래 병원 뒷문을 열어주고 환자가 도망가도록 했다.

그는 시장에서 상인들이 바가지 씌우는 것을 알면서도 그보다 더 비싼 값을 주고 물건을 샀다. 보다 못한 사람들이 일러주었다.

"그래서 박사님이 바보 소리를 듣는 것입니다."

장 박사는 그런 말에 전혀 개의치 않았다.

"나라도 그렇게 해야 그 사람이 깨닫고 겁이 나서 나중에라도 그런 일을 멈추지 않을까요?"

그는 남한에 온 후에도 평생 재가하지 않고 혼자 살았다. 훗날 남북이산가족 상봉 때는 정부가 계획적으로 특별상봉을 제안했는데 자기만 특혜를 받을 수 없다며 거절했다. 그가 연로했을 때 제자들이 장기려 흉상을 만들려고 계획했는데 그들을 향해,

"내 흉상을 만드는 자는 지옥에나 떨어져라"고 말해서 엄두도 못 냈다고 한다. 이분의 미담을 나열하면 끝이 없다.

그는 정말 바보인가? 세속적인 사람이라면 그렇게 말할지도 모르겠다. 그러나 건강한 정신을 지닌 사람이라면 결코 그렇게 생각하지 않을 것이다. 얼마나 위대한 사람인가? 우리나라에도 이런 의사가 있다는 사실이 자랑스럽다. 그래서 그를 '한국의 슈바이처'라고 부르기도 한다.

누가 진짜 바보인가?

착한 사람이 바보 취급받는 경우는 여러 가지가 있다. 정말 어리석어서 바보로 불리는가 하면 장기려 박사처럼 결코 바보가 아닌데 바보 취급 받는 경우도 있다. 이것은 위대한 바보이다. 장기려 박사만큼은 못되지만 평범하면서도 남을 위해 일하고 베풀기 좋아하고 희생을 기쁨으로 감당하다 바보가 되는 사례도 있다. 이런 사람들도 바보가 아니라 현명하고 지혜로운 사람이다. 남이 쉽게 알지 못하는 인생의 비밀을 알기 때문이다. 무엇이 행복이고 어떻게 살아야 참으로 멋진 인생을 사는 것인지도 안다. 그렇기 때문에 누가 뭐래도 기쁨으로 그 길을 걸어간다.

그러나 반대의 삶을 살아가는 사람들도 많다. 이들은 착한 사람들을 바보 취급하며 자기가 지혜롭고 똑똑하다고 생각한다. 그러나 과연 누가 바보인가? 착한 사람이 바보인가, 착한 사람을 조롱하는 사람이 바보인가?

어떤 마을에 바보라고 불리는 소년이 있었다. 동네 아이들은 소년을 놀리려고 손바닥에 500원짜리와 100원짜리를 놓고 둘 중 하나를 집어가라고 했다. 소년은 항상 100원짜리 동전만 집어갔다. 아이들은 그것이 재미있어 매일 동전 장난을 치면서 소년을 바보라고 놀려댔다. 어느 날 인자한 아주머니가 이 모습을 보고 안타까운 마음에 소년의 머리를 쓰다듬으며 일러주었다.

"얘야, 100원보다 500원이 더 크단다. 앞으로는 500원짜리 동전을 집으렴."

바보 소년은 싱긋 웃으며 대답했다.

"저도 알아요. 하지만 내가 500원을 집으면 그 다음부터는 저에게 장난을 치지 않을 거예요. 그럼 저는 돈을 못 얻잖아요?"

누가 진짜 바보인가? 실제로 누가 이득을 보았는가가 관건이다. 겉보기에 일순간 이익인 듯한 것에 속지 말라. 겉보기에는 이기적이어야 자신에게 유리해 보인다. 자기중심적이고 이해타산적인 것이 더 소득이 커보이지만 결코 그렇지 않다. 겉보기에 좋은 것에 속지 말아야 한다.

착한 삶이 유리하다는 사실을 아는 것은 대단한 지혜이다. 대부분은 이를 잘 모른다. 더 정확히 말하면 알고는 있지만 진실로 동의하지는 않는다. 그러니 정말 그렇게 알고 확신하는 사람은 관계의 심오한 비밀의 세계를 이미 정복한 사람이다.

나는 관계에 있어서 손해 보는 것을 두려워하지 않는다. 정도와 사안에 따라 다를 수는 있지만 기본적으로 누구에게든지 약간은 손해 보며 사는 것이 좋다고 생각한다. 밥을 사도 항상 더 많이 산다. 부조를 해도 항상 더 많이 하려 한다. 손해 보는 것은 내가 관계의 채권자가 되는 것이다. 그러니까 내가 항상 주도권을 가진다. 무슨 결정을 내리든 내 의견이 많이 반영된다. 손해 보는 것 이상의 득을 보는 것이다.

착한 사람이 되면 될수록 인생의 단수는 올라간다

그 대신 나는 남에게는 손해를 끼치려 하지 않는다. 내가 도덕적으로 우월하거나 성인군자가 되고 싶어서가 아니다. 그래야 내가 사는 데 유리하기 때문이다. 누구와 특별히 원한 질 일도, 다툴 일도 없고 골치 아픈 일도 생기지 않는다. 착한 사람은 마음이 편안하다. 자기만 성실하고 어느 정도 능력만 갖추면 모든 일이 대개 잘 풀린다. 삶의 부작용도 많지 않다. 부작용과 불협화음이 생기는 이유는 내가 손해를 끼친 사람이 많기 때문이다. 손해를 본 사람은 기회만 있으면 앙갚음하려 한다. 그때는 예상치 못한 큰 시련에 시달리게 된다.

착한 사람은 보통사람이 보지 못하는 것을 본다. 보통사람이 알지 못하는 것을 알고, 보통사람이 이해하기 어려운 세계의 비밀을 이해한다. 그리고 그것으로 인해 기뻐하고 행복해한다. 이것이 착한 사람의 자부심이고, 영특함이다.

그런데 보통사람들은 착한 사람을 바보라고 한다. 자기 기준으로 볼 때는 바보일 수도 있겠다. 그의 짧은 안목으로 볼 때는 미련하고 어리석다고 말할 수도 있다. 그러나 착한 사람은 사실 고단수다. 보통사람이 생각한 것 그 이상의 생각을 한다. 그래서 착한 사람이 되면 될수록 인생의 단수는 올라간다. 그러므로 인생의 최고 단수는 예수나 공자, 혹은 석가모니가 된다.

어떤 짓궂은 학생이 선생님을 놀릴 속셈으로 쪽지에 무엇인가 적어서 교탁 위에 올려놓았다. 선생님이 들어와서 쪽지를 펼쳐보니 두 글자가 적혀 있었다.

'바보'

선생님은 약간 불쾌했지만 이내 마음의 평정을 찾고 학생들에게 이렇게 말했다.

"어떤 학생이 내게 쪽지를 보냈는데, 내용은 없고 보낸 사람 이름만 '바보'라고 적혀 있구나."

바보라고 말한 사람이 바보다. 이런 일이 우리 실생활에는 수두룩하다.

○
●

외유내강, 대기만성

착한 사람의 강점은 수없이 많다. 여기서 말하는 착한 사람은 일반적인 의미의 착한 사람이다. 착한 사람은 요란 떨지 않고 자기 일에 충실하다, 겉보다는 속이 꽉 차 있다, 인내심이 강하다, 남에게 미움을 사지 않는다, 원수나 그를 싫어하는 사람이 거의 없다, 조용하지만 할 일은 다 한다, 의지가 강하다, 꾸준하다, 책임성이 강하다, 성실하다, 남들과 화해를 잘 시킨다, 트러블메이커가 아니라 피스메이커이다.

여기에서 그치지 않는다. 착한 사람은 저력이 있다, 충성스럽다, 정직하다, 가식하지 않는다, 남에게 베풀기를 좋아한다, 스트레스가 적다, 마음이 평안하다, 거리낄 게 없다, 자유롭다, 동안이 많다, 오래 산다, 행복하다, 남을 편하게 해준다, 가정이 화목하다, 효도는 기본이다, 절대로 남을 해치지 않는다, 처음보다는 나중이 잘된다, 외유내강(外柔內剛) 대기만성(大器晩成)이다, 관계성이 좋다, 겉은 부드럽고 속은 강하다, 강유겸전(剛柔兼全)이다.

당신이 착한 사람이라면 얼마나 일치하는가? 좋은 점만 나열했다. 혹시 자기와는 다른 점이 있어도 전혀 실망할 필요가 없다. 착한 사람이라면 이 정도의 요소들은 얼마든지 쉽게 보충하고 동화시킬 수 있다고 믿기 때문이다. 기대감을 잃지 않기를 바란다. 착한 사람의 아주 중요한 장점이 외유내강, 대기만성이라 생각한다. 처음에는 대단하지 않지만 나중에는 진가가 나타난다. 별로 신통치 않은 것 같지만 갈수록 그 가치가 새롭게 드러난다.

나는 착한 사람을 보물창고라 부르고 싶다. 두고 보면 볼수록 그 속에서 보물이 무한정으로 튀어나오기 때문이다. 보통사람은 하나를 갖고 있으면 열을 과시하지만, 착한 사람은 열을 갖고 있으면서도 하나만 있는 것처럼 행동한다. 그러니까 외형만 갖고 사람을 판단하면 진짜 좋은 사람을 놓치기 십상이다. 착한 사람의 결혼생활은 처음보다는 나중이 좋다. 신혼 초보다 말년이 더 좋다. 다른 사람들과의 관계에 있어서도 처음보다는 가면 갈수록 관계가 더 깊어지고 무르익어진다. 가면 갈수록 잠재되어 있는 좋은 것들이 쏟아져 나오기 때문이다.

내가 그 친구를 처음 봤을 때는 너무나 무력한 모습이었다. 그는 다른 친구와의 사귐도 거의 없었다. 처음에는 어려운 사람을 배려한다는 차원에서 그에게 접근했지만, 사귐을 가질수록 그에게 감동을 받았고 그를 만난 것이 참으로 큰 행운이라고 생각하게 되었다.

다른 것은 차치하고서라도 그의 순수한 마음과 때 묻지 않은 인격이 무한한 신뢰감을 주었다.

고등학교 1학년 때 만났는데 알고 보니 머리가 비상했다. 초등학교, 중학교에서는 잘 나타나지 않았지만 고등학교 때부터 두각을 보였다. 고1 때는 상위, 고3이 되니까 전교에서 최상위를 차지했고 결국 스카이(SKY)를 갔다. 졸업하고는 사업을 시작했는데 과연 제대로 할 수 있을지 염려했지만, 그것은 기우였다. 직원들을 꼼꼼히 챙길 뿐 아니라 세상 돌아가는 것, 사업가의 생리 등을 꿰뚫고 있었다. 이후 업종을 몇 번 바꾸었는데 하는 것마다 성공이었다. 생각보다 참으로 뛰어났다. 그 친구와는 지금도 연락을 주고받는데 항상 좋은 소식뿐이다.

착한 사람은 천천히 성공을 이룬다

내가 이 친구를 소개하는 이유는 착한 사람의 전형적인 스타일이기 때문이다. 착한 사람은 외유내강, 대기만성이다. 착한 사람은 나중에 잘된다. 끈기가 있기 때문이다. 끈기는 엄청난 장점이다. 미국 스탠퍼드대학 심리학과 교수 캐서린 콕스는 역사상 가장 위대한 업적을 남긴 사람 301명을 뽑아 그들이 보통사람들과 다른 점을 연구했다. 시인, 학자, 운동선수 등 다양한 분야의 사람들을 어린 시절부터 세심하게 연구한 결과 그들은 평범한 사람들에 비해 두 가지가 월등히 뛰어났다. 끈기와 열정이다. 끈기는 성공적 삶의 핵심 요소이다.

90년 후 펜실베이니아대학의 안젤라 리 교수가 수천 명의 천재들을 대상으로 연구조사를 했다. 역시 마찬가지로 평범한 사람들과 그들의 차이는 열정과 끈기라고 했다 성공의 요인 중에 끈기가 이렇게 중요한데, 착한 사람들이 가진 가장 중요한 강점이 바로 끈기다. 끈기가 있다면 이미 절반은 성공한 셈이다. 이제부터는 그 끈기를 발휘하기만 하면 된다.

외유내강형은 결국 대기만성형이 된다. 겉이 화려한 사람은 단기전에 강하지만 속이 찬 사람은 장기전에 강하다. 달리 말하면, 악한 사람은 단기전에 강하고 착한 사람은 장기전에 강하다. 부정한 사람은 단기전에, 정직한 사람은 장기전에 더 유리하다. 그 이유는 무엇인가? 진실과 실상이 밝혀지고 그것이 힘을 발휘하려면 많은 시간이 필요하기 때문이다. 그래서 착한 사람은 모든 일을 오래 기다릴 줄 안다. 성급하게 시작하면 실수하지만 기다리면 결국 그 진가가 나타난다. 마지막이 좋으면 다 좋은 것이다. 당신은 마지막 승자가 될 가능성이 매우 높다.

나는 대부분 마지막이 잘되었다. 처음보다는 항상 나중이 좋았다. 초등학교 1학년 때는 완전히 죽을 쒔다. 나처럼 엉터리로 학교 다닌 사람은 아마 없을 것이다. 학교 간다고 가방을 들고 나가서 혼자 뒷동산에서 놀다가 수업이 끝날 때쯤 집으로 돌아왔다. 나는 기억도 나지 않지만 어머니의 말씀으로는 2~3개월을 그랬다고 한다. 그런데 6학년 때는 상을 타고 졸업했다. 중1 때보다는 고3 때 성적이 더 좋았다. 대학에 들어가서도 마찬가지였다. 1학년 때는 아르바이트를 하느라 두 과목이 펑크 났다. 그것을 때우느라 얼마나 고생했는지 모른다. 그러나 4학년 때는 괜찮은 성적으로 졸업했고 대학원 때는 성적이 더 좋았다.

아내와 결혼하자마자 드는 생각이 '안 맞아도 이렇게 안 맞을 수 있나?'였다. 아내도 나와 똑같았다고 한다. 이혼하고 싶은 생각이 하루에도 수십 번은 들었다. 그러나 지금은 부부 사이가 가장 좋다. 지금 내가 하는 일도 처음 시작할 때는 엉망이었지만 세월이 지나면서 차근차근 크기를 갖추어가고 이제는 남부럽지 않은 규모가 되었다. 내 삶은 하나의 도식처럼 늘 처음에는 안되고 나중에는 잘 되었다. 분명 우연은 아니다. 아니, 필연이다.

당신도 나와 비슷한 스타일일 가능성이 높다. 인내하라. 기대를 가지라. 시작은 미약해도 나중은 창대해진다. 처음에 어려워도 그러려니 하라. 처음에는 대개 어렵다. 그러나 끈질기게 수고하고 노력하면 분명 찬란한 광명의 때가 이를 것이다.

4

UPGRADE 1

착한 사람 업그레이드 1

치명적인 약점 극복하기

○
●

두 얼굴의 사나이

재미있는 링컨의 일화가 있다. 흔히 못생겼다고 알려져 있던 링컨은 대통령후보 합동회견 자리에서 정적 상원의원 더글러스의 공격을 받았다.

"링컨은 말만 번지르르한, 두 얼굴을 가진 이중인격자입니다!"

그러자 링컨은 차분하게 응수했다.

"더글러스가 저를 두 얼굴의 사나이라고 몰아붙입니다. 여러분, 잘 생각해보세요. 제가 만일 두 얼굴을 가졌다면 오늘처럼 중요한 자리에 잘생긴 얼굴을 하고 나오지, 이렇게 못생긴 얼굴로 나왔겠습니까?"

군중은 박장대소를 터뜨렸다. 이런 유머 덕분에 링컨은 사람들을 자기편으로 끌어들일 수 있었다.

착한 사람들이 빠지기 쉬운 함정 중 하나가 이중 인격, 두 얼굴의 소유자이다. 대중은 착한 사람들에 대한 기대 심리가 있다. 착한 사람들은 그 기대치를 알고 있고, 그걸 깨면 안 된다는 부담을 갖고 있다. 하지만 살다 보면 그 기대가 깨지는 상황을 맞닥뜨린다. 약삭빠르게 행동하면 더 편해진다든지, 가벼운 거짓말을 하면 더 유리한 자리에 이르게 된다든지, 작은 불의를 행하면 아주 큰 이득을 얻을 수 있는 유혹에 처할 때가 있다. 그런 유혹을 반드시 물리쳐야 하지만 결코 쉬운 일이 아니다. 그래서 은근슬쩍 부정한 일을 저지르고 아무 일도 없는 것처럼 가식적, 위선적으로 행동하게 된다.

이것은 착한 사람에게는 굉장한 유혹이고 위험신호다. 이것이 습관적으로 이루어져 몸에 밴다면 그는 이미 착한 사람이 아니다. 착하기는커녕 악한 사람이 될 수도 있다. 로마의 철학자 M.키케로의 말을 기억하라.

"모든 악행 중에서 위선자의 악행보다 비열한 것은 없다."

영국의 저술가 윌리엄 헤즐릿도 이렇게 말했다.

"용서할 수 없는 유일한 악덕이 위선이다."

착한 사람이 위선자가 되는 이유는 무엇보다도 쉽기 때문이다. 험하고 힘든 세상에서 착하게 살기란 얼마나 어려운가. 많은 손해를 감수해야 한다. 그러나 위선을 하면 착하다는 이미지를 손상시키지 않고 손쉽게 목적을 이룰 수 있다.

우리나라에서도 유명한, 미국의 '국민 아빠'로 불리던 전설적인 코미디언 빌 코스비의 이중 행각이 발각되어 수많은 사람들을 경악하게 만들었다. 남을 돕고 어려운 사람들을 위로하고 지극히 착해 보였던 사람이다. 여러 연예인들도 우상처럼 받들고 존경을 표했던 인물이 알고 보니 끔찍한 성폭력 범죄자였다. 알려진 성범죄만 60여 건이 넘었다. 사람들이 경악한 점은 범죄보다도 그의 이중성이었다. 선을 위장하고 자기 목적을 달성하기란 얼마나 쉬운가! 그저 원하는 대로 이중적으로 행동하면 된다. 그 또한 오랜 세월 그 유혹에서 빠져나오지 못하고 위선을 저지른 것이다.

이중적인 삶은 껍데기 인생이다

착한 사람들이 저지르는 범죄 중 정말 위험한 것은, 남이 안 보는 데서 은밀하게 악을 행하는 경우다. 미워하거나 증오하는 사람에게 아무도 몰래 해를 끼치는 것이다. 착한 사람은 은밀한 범죄를 항상 조심해야 한다. 남에게는 잘 드러나지 않는 죄이지만 자신은 알고 있다. 그래서 결국은 자신의 양심을 속이게 되고 자기 자신을 심판하게 된다. 그것이 확대되면 이중인격자가 되는 것이다.

이중적인 삶, 위선적 태도는 수많은 부작용을 가져온다. 무엇보다 그 삶은 껍데기 인생에 불과하게 된다. 자기 자신이 진정한 자신이 아니다. 표면에 드러난 사람은 가짜에 불과하다 얼마나 한심한 일인가! 이중인격자의 삶은 불안하고 불편할 수밖에 없다. 한 사람에게 인격이 두 개 있으니 당연하다 하겠다. 평생을 그렇게 산다고 가정해보라, 이보다 불행한 일이 있을까? 나중에는 정신병자가 될 수도 있다. 게다가 이중 생활은 오래가지 못한다. 멀지 않아 그 이중성과 위선이 만천하에 폭로될 때가 온다. 시간문제일 뿐이다. 그래서 위선적인 삶은 빨리 포기할수록 유리하다.

착한 사람이 위선자가 되지 않으려면 어떻게 해야 할까?

우선, 착한 것에 너무 집착하지 말아야 한다. 인간은 완전한 착함을 이룰 수 없다. 착하기 위해 노력할 뿐이다. 그 외에 착하지 못한 부분은 자신의 연약함과 부족함을 인정하고 시인하면 된다. 모리 슈워츠 교수의 말을 기억하자. "우리는 항상 좋은 사람인 척할 필요는 없다. 좋은 사람인 때가 많은 것만으로도 충분하다."

작은 이득을 욕심내지 말아야 한다. 작은 이득을 위해 작은 불의를 행해서는 안 된다. 가랑비에 옷이 젖는다.

사소한 거짓말이라도 쉽게 하지 말아야 한다. 사소한 거짓말이 큰 거짓말이 되고 바늘 도둑이 소도둑 된다. 어느새 위선자가 된 자신의 모습을 볼 수 있다.

위선이 습관이 되지 않도록 해야 한다. 위선적 요소는 누구에게나 다 있다. 정도의 차이가 있을 뿐 위선자 아닌 사람은 없다. 그것이 반복되어 습관이 되는 것이 진짜 문제다.

착함을 말하는 사람이 위선자가 될 위험이 있다. 착함을 말하는 자, 혹은 다른 사람을 비난하는 자에게는 무서운 함정이 있다. 그런 말을 함으로써 자신이 착하다는 것을 증명하려 하는 것이다. 착함을 말하는 사람은 착함을 말하는 만큼 자신이 얼마나 착한지 항상 살펴야 한다. 남을 비난하는 사람도 자신이 얼마나 온전한지 돌이켜보아야 한다. 그렇지 않으면 위선자가 될 수 있다.

그런 의미에서 나 역시 위선자가 될 수 있다. 아니, 지금도 위선자일 수 있다. 그 정도가 작을 뿐이다. 내가 지금 쓰고 있는 글은 착한 사람에 대한 내용이다. 글을 쓰면서 "나는 착하다"는 것을 은근히 내비치고 있다. 그러나 나는 정말 쓰는 글만큼 착한가? 그렇지 않다. 나의 나쁜 면은 이야기하지 않아서 좋은 점만 과장되어 전달될 수 있다. 천만다행인 점은 내가 그런 위험까지도 알고 있다는 것이다.

요즘 기형적 인간들이 많이 보인다. 몸은 하나인데 얼굴이 두 개다. 아니 세 개, 네 개인 사람도 있다. 건강하고 정상적인 사람이 그리워진다. 착한 사람들이여, 그대들은 우리 모두의 꿈이요 희망이요 미래이다.

이기적 이타주의자가 돼라

《기브앤테이크》에 나오는 일화이다. 많은 사람이 자원봉사를 나갔는데 봉사하는 시간이 각각 달랐다. 그렇다면 1년에 몇 시간을 봉사한 사람이 가장 성과가 가장 좋고 만족도가 높았을까? 봉사를 많이 할수록? 적게 할수록? 아니면 적정 시간이 있는 걸까?

호주에서 60대 중반 2,000명을 대상으로 조사한 결과, 봉사시간이 연간 100~800시간인 사람들의 만족도나 성과가 가장 높았다. 100시간 이하로 봉사해도 큰 이점이 없었고 심지어 800시간 넘게 봉사하면 오히려 일의 성과나 만족감, 행복감이 줄었다. 여기에서 '100시간의 법칙'이 나온다. 즉 1주일에 2시간씩 1년간 봉사하면 100시간이다. 이 100시간의 봉사가 가장 능률이 좋고 행복감, 자부심, 만족도가 가장 높다는 것이다.

이것은 무엇을 말해주는가? 무조건 많이 봉사하고 희생한다고 해서 좋은 것이 아니라는 뜻이다. 봉사도 자신을 보살피면서 적절히 해야 가장 좋은 성과를 내며 만족도 높은 봉사가 될 수 있다. 이것이 '이기적 이타주의'이다.

착한 사람들은 이기적 이타주의자, 혹은 이타적 이기주의자가 되어야 한다. 무조건 남에게 베풀기만 해서는 안 된다. 남을 위해 내가 항상 희생하는 것은 옳지 않다. 남을 돌보는 만큼 자신도 보호할 줄 알아야 한다. 그래야 남을 더 잘 도울 수 있다.

이기적 이타주의, 모순적인 두 단어의 조합이 불가능할 것 같지만 그렇지 않다. 실제로 가능하다. 우리가 지향하는 최고의 선은 무엇일까? 이기심 없는 이타주의일까 아니면 이기적 이타주의일까? 사람들은 이기심 없는 이타주의라고 말할 것이다. 그러나 꼭 그렇지만은 않다. 〈성경〉에 보면 예수께서 "네 이웃을 네 자신처럼 사랑하라"고 했다. 자신을 먼저 사랑하고 그렇게 사랑한 것처럼 이웃을 사랑하라는 뜻이다. 그러니까 이 말도 넓은 의미에서 보면 이기적 이타주의라 할 수 있다.

붓다는 이 문제를 어떻게 생각했을까? 동국대 불교학과 허남결 교수는 이렇게 말한다.

"세상에는 네 부류의 사람이 있다. 그중 가장 뛰어난 사람은 자신의 이익과 남의 이익을 위해서 사는 사람이고, 두 번째로 뛰어난 사람은 자신의 이익을 위해서 살지만 남의 이익을 위해서 살지 않는 사람이다."

이기적인 것과 이타적인 것을 동시에 추구하는 것이 가장 바람직하다는 말이다. 이기적 이타주의를 최고의 선으로 생각한다는 뜻이다.

이런 관점에서 보면 이기주의와 이타주의는 반대말이 아니다. 거의 동일선상의 개념으로 보아야 한다. 서로를 위하는 같은 한 방향으로 가고 있기 때문이다. 이기적이어야 이타적일 수 있고 이타적이어야 비로소 이기적일 수 있다.

남을 도우려면 먼저 나를 도와야 한다

우선 사람은 이기적이어야 이타적이 될 수 있다. 순전히 이기적인 것을 목표로 사는 사람을 이야기하는 것이 아니다. 이타적인 삶을 살려면 반드시 이기적이 되어야 한다는 말이다. 남을 돕는 삶을 살기 위해서는 순서가 있다. 반드시 내가 먼저 갖추고 있어야 한다. 그렇기 때문에 먼저 이기적이 되어야 한다. 자신은 아무것도 없으면서 남을 돕겠다는 사람도 있다. 마음은 좋지만 실제로는 남에게 부담만 더해준다. 우선 내가 힘을 가지고 있어야 남에게 유익을 줄 수 있다.

또한 사람은 이타적이어야 이기적이 될 수 있다. 남을 돕는 것은 사실은 자기를 돕는 것이다. 남에게 혜택을 주면 결국 자기가 엄청난 혜택을 누린다. 이 사실을 알면서도 실제 그렇게 사는 사람은 많지 않다.

누가 당신에게 20달러를 주었다고 가정하자. 오늘 오후 5시까지 그 돈을 써야 한다. 자신을 위해서 쓴 사람과 남을 위해서 쓴 사람 중에 누가 더 행복을 느꼈을까? 대개는 자신을 위해 쓴 사람이 더 행복하다고 생각하지만, 실험 결과는 남을 위해 쓴 사람의 행복지수가 더 높았다. 심리학자들은 이를 '돕는 사람의 희열'이라고 한다. 시간을 대입해도 마찬가지였다. 연구조사 결과 자원봉사를 1년 이상 한 사람은 우울증에 걸릴 확률이 매우 낮았고 행복감, 삶의 만족도, 자신감 등이 뛰어났으며 수명도 더 길었다. 1달러를 기부할 때마다 수입이 3.75달러 상승한다는 조사결과도 있다(*《기브앤테이크》 p292~301). 남을 돕는 것은 결국 자신을 돕는 것이라는 뜻이다.

《긍정경제학》의 저자 자크 아탈리는 오늘날 세계 위기를 풀 열쇠는 '이기적 이타주의'라고 했다. 세계 위기뿐 아니라, 인간 삶의 모든 영역에서 문제를 해결하는 열쇠가 바로 '이기적 이타주의'가 아닐까. 남을 위한 길이 나를 위한 길이고, 나를 위한 길이 남을 위한 길이라는 평범하지만 위대한 명제를 마음 깊이 담아두어야 한다. 모두를 살리는 길이 모두가 사는 길이다. 삶의 정답은 윈윈이다. 누가 착한 사람인가? 이기적 이타주의자들, 이타적 이기주의자들, 바로 그들이다.

○
●

지나치게 정직하지 말라는 말

"당신은 얼마나 정직하십니까?" 잡지 〈우먼스데이〉에서 2천 명을 대상으로 사람들의 정직 정도를 조사한 적이 있었다. 48%는 매우 정직하다고 대답했다. 50%는 어느 정도 정직하다. 나머지 2%는 그다지 정직하지 않다고 대답했다. 사람들은 대체로 자신을 정직하다고 생각하는 듯하다. 하지만 정직하다는 답이 98%(48+50)라니, 정확하지 않은 조사라는 의구심을 떨치기 어렵다. 어쩌면 수많은 사람들이 정직하지 않음을 보여주는 반증이기도 하다. 그 다음 질문을 보면 알 수 있다. "직장 사무용품을 집으로 가져와 개인용도로 사용한 적이 있는가?"에 68%가 "있다"고 대답했다. 만일 발각되지 않는다는 보장만 있다면 허위로 세금신고를 하겠느냐는 질문도 있었는데 40%가 "그렇다"고 답했다. 실제로 정직하기가 쉽지 않음을 보여주는 사례이다.

착한 사람은 정직한 사람이다. 나는 착한 사람 제일의 조건이 정직이라 생각한다. 그래서 "착하지만 정직하지 않다"는 말은 성립할 수 없다고 본다. 그렇다면 우리는 얼마나 정직해야 하는가? 어폐가 있는 질문이지만 살다 보면 실제로 이런 고민과 갈등을 겪게 된다. 어느 선까지 정직해야 하느냐는 문제는 결코 해결하기 쉽지 않다. 무조건 정직하다고 해서 능사가 아니기 때문이다.

일례로 민주화운동을 하다가 경찰에 붙잡혔다고 가정해보자. 경찰은 나를 혹독하게 심문하며 도망친 동료의 행방을 캐내려 한다. 나는 어디까지 솔직하게 대답해야 하는가? 무조건 정직해야 하는가? 어느 정도까지 거짓말을 해야 하는가? 이런 사례는 수없이 많다.

어떤 사람은 회사 물건과 자기 물건을 엄격하게 구분해 사용한다고 한다. 그래서 회사에서 업무를 볼 때는 회사 볼펜을 사용하고, 사적인 전화가 와서 메모해야 할 때는 집에서 가지고 온 자기 볼펜을 사용한다. 이것이 과연 바람직한가? 그러면 어느 정도까지 회사와 개인의 선을 구분해야 하는가?

"정직도 지나치면 해로울 수 있다"는 이야기를 들어보았는가? 《논어》에는 '직궁증부(直躬證父)'라는 사자성어가 나온다. 직궁이라는 사람이 아버지가 양 한 마리를 훔친 모습을 보고 관가에 고하여 스스로 증인이 되었다는 일화이다. 지나친 정직은 도리어 정도에 어긋난다는 이야기이다. 정직하다고 아버지의 비리까지 고해바쳐야 할까? 물론 그래야 한다는 주장도 있겠지만 보통사람으로서는 그리 간단한 일이 아니다. 그렇다면 착한 사람은 어떻게 해야 할까?

지나친 정직과 지혜로운 정직

지나치게 정직한 가게가 있다. 사장님이 너무 정직해서 메뉴판에 이렇게 적어놓았다. "산돌문어탕, 조개탕은 맛있음. 산돌문어숙회는 맛없음. 자신 있는 음식은 짜장면과 깐풍기. 자신 없는 음식은 양장피" 그런데 장사가 잘된다고 한다. 상업적으로 의도한 방법일 것이다.

인간의 삶은 복잡하다. 정직하고 싶어도 정직하지 못할 때가 있다. 솔직하게 살고 싶어도 솔직해서는 안 될 때가 있다. 그래서 항상 건강한 정직은 무엇인지, 지혜로운 정직은 어떤 건지 늘 고민하고 씨름해야 한다.

지나치게 정직한 사람의 몇 가지 문제점이 있다.

남을 판단하고 정죄하기 쉽다. 정직하지만 지나치게 따지지는 말라.

자기 의를 주장한다. 성경에도 "지나치게 의인되지 말라"는 내용이 있다. 의인 되는 것이 지나칠 게 무엇일까? 자기 의만 주장하지 말라는 뜻이다.

독선적일 수 있다. 자기만 옳고 남은 틀렸다고 생각할 수 있다.

융통성이 없다. 지나치게 경직되어 있다. 세상만사는 수학 공식처럼 딱 떨어지지 않는다. 타인을 수용할 수 있어야 한다.

일이 효율적이지 못하다. 효율성을 주장하다가는 정직을 잃기 쉽다. 그래서 효율성과 정직성 사이에 적정 지점을 찾아야 한다.

사실 정직에는 한계선이 없다. 우리는 끝없이 정직해야 한다. 그러나 정직과 현실, 정직과 지혜, 정직과 효율, 둘 사이에 정직이 최소한 양보할 부분이 무엇인지, 그 적정 지점을 늘 고민하고 살펴야 한다. 최대한이 아니다. 최소한이다. 그것을 지혜로운 정직 혹은 건강한 정직이라고 명명하자. 착한 사람이 추구해야 할 정직이 바로 그러한 정직이다.

○
●

컨트롤하기 쉬운 사람이 되지 말라

나는 내가 다른 사람에게 쉬워 보이는 게 싫다. 그래서 직원들에게 간혹 이야기한다. 특히 새 직원이 들어오면 더욱 그렇다. 내 말을 듣고 나에 대한 태도가 얼마나 바뀌었는지는 잘 모르겠지만 어쨌든 계속 강조한다.

"나를 쉽게 보지 말라. 많은 사람들이 내가 유순해 보인다고 나를 쉽게 생각하는데, 착각이다. 나는 사람을 겪을 만큼 겪었다. 여러분이 생각하는 그런 쉬운 사람이 아니다. 나중에 실수하지 말고 처음부터 제대로 참고하길 바란다."

듣는 사람에게 결코 유쾌한 이야기는 아니다. 왜 저런 말을 하나 의아해하는 사람들도 있을 것이다. 그런데도 나는 이 말을 계속한다. 그동안 어리석은 바보들을 많이 겪었기 때문이다.

누군가에게 쉬워보이는 것은 화나는 일이다. '대충 아무렇게나 해도 받아줄 사람, 내 말을 잘 들을 사람, 내 의도대로 움직일 수 있는 사람'으로 생각하니 얼마나 못마땅한 일인가.

착한 사람의 결정적인 약점이 바로 이것이다. 다루기 쉬운 사람으로 여겨지는 것이다. 착하니까 아무나 함부로 해도 된다고 생각하는 것, 여기에 심각한 문제가 있다. 그래서 어떤 때는 누가 내게 "착하다"고 말하면 듣기 싫고 화가 난다. 착한 사람이라는 프레임에 가두어 놓고 자기들 마음대로 해도 괜찮겠지, 그렇게 무언의 압력을 가하기 때문이다. 그럴 때 나는 즉시 이렇게 대답한다.

"나 착한 사람 아니야. 잘못 생각하고 있어."

'나는 당신들이 마음대로 해도 괜찮을 사람이 아니야. 그러니까 그럴 생각은 아예 꿈도 꾸지 마.' 이런 의도로 돌려주는 말이다.

착한 사람은 애초부터 착한 사람이라는 딱지 때문에 불리하게 시작한다. 착한 것은 정말 훌륭한 덕목인데 그것을 이용하려 드는 사람들이 문제다. 안 착한 사람보다 착한 사람이 더 쉽다고 여겨 착한 사람에게 접근해 사기 치고 등쳐먹고 이용한다. 마치 동물의 왕국에서 사자가 잡기 쉬운 새끼 사슴이나 작은 동물을 먼저 사냥하는 것과 똑같다.

요즘에는 이런 일이 거의 없지만 예전에 고속버스를 타면 휴게소에서 멈춰 있을 때 보따리를 들고 올라와 승객들에게 일장 연설을 하고 물건을 파는 사람들을 자주 보았다. 회사가 망해서 어쩔 수 없이 원가보다 싸게 판다느니, 홍보 차 거의 밑지고 드린다느니 한다.

고객들에게 줄 물건이 한정되어 있어 어쩔 수 없이 추첨해서 드릴 수 있다며 선심 쓰듯 말하기도 한다. 무작정로 쪽지를 나눠주고 호명하는 몇몇 사람에게만 특별가로 준다고 한다. 속셈이 뻔히 보이는데도 많은 사람들은 그거라도 당첨되기를 바란다. 그럴 때 나는 영락없이 당첨된다. 나는 왜 항상 당첨될까? 그게 상술이다. 쉽게 넘어갈 것처럼 보이는 사람들을 골라놨다가 그들에게만 당첨 번호가 적힌 쪽지를 주는 것이다. 그 쪽지를 받으면서 내가 그렇게 어리숙하게 보이나, 그렇게 쉬운 사람으로 보이나 싶어 매우 못마땅했다.

나는 왜 만만해 보일까?

한번은 아내를 기다리느라 대기하며 운전석 창문을 열고 밖을 바라보고 있었다. 한 청년이 다가와 집에 가야 하는데 지갑을 잃어버려 돈이 한 푼도 없다며 만 원만 도와달라고 했다. 케케묵은 구식 방법으로 내게 다가온 대학생 같은 이 청년은 진짜일까 가짜일까? 순간 내 입에서 이런 말이 튀어나왔다.

"학생, 나랑 경찰서 가서 사실인지만 확인하면 그 이상도 도와줄게."

그 말이 떨어지자 무섭게 청년은 달아나고 없었다. 왜 나에게 이런 일이 많이 생길까? 다른 사람들에게도 일어나는 일일까? 내가 그리 만만해 보이나? 또다시 이런 생각이 들었다.

착한 사람은 대개 얼굴 생김새부터 만만해 보인다. 그것이 유리할 때도 있지만 불리할 때도 참 많다. 앞에 사례처럼 이용해먹으려는 사람이 많이 접근한다. 내 경우에는 특히 리더십에 불리하다는 생각이 든다. 착한 사람을 쉬운 사람으로 여기다 보니 리더십이 잘 세워지지 않는다. 시간이 흘러 리더가 진정 어떤 사람인지 알기 전까지는 말발이 안 설 때가 있다. 내게는 참으로 힘든 점이었다.

군대에서 장교로 근무할 때 처음 부대에 배치 받아 연대장에게 전입신고를 하는데 첫인상에 기겁할 뻔했다. '세상에 이렇게 생긴 사람도 있다니!' 새까맣고 눈은 부리부리하며 귤껍질처럼 울퉁불퉁한 피부에 정말 험상궂게 생긴 사람이었다. '이젠 죽었구나' 생각이 저절로 들었다. 나중에 그분이 정말 온유하고 반듯하다는 사실을 알기 전까지는 그랬다. 나는 속으로 '이분은 정말 얼굴로 한몫한다'고 생각했다. 작은 소리로 하는 한마디에도 부하들이 꼼짝 못한다. 부대가 얼마나 잘 돌아가는지 모른다. 외모가 리더십이 되기도 한다.

다른 사람에게 만만해보이지 않는 방법

그런데 착한 사람은 대개 인상이 순해서 만만해 보이기 십상이다.

그러다 보니 리더십에서 손해를 보게 된다. 여러 갈등 과정을 겪으면서 리더가 진짜 어떤 사람인지 알기 전까지는 통솔하기 힘들 때가 많다. 인간관계에서도 그렇다. 한바탕 관계의 소용돌이를 겪은 후에야 비로소 상대가 나를 쉽게 여기지 않게 된다. 정말 힘든 일이지만 착하게 생긴 사람이 짊어져야 할 몫이다. 그 대신 착하게 생긴 사람이 유리한 점도 많이 있으니 말이다.

다른 사람에게 만만해보이지 않는 몇 가지 방법을 제안한다. 이 방법들은 뒤에서 더 자세히 다룬다.

거절은 확실히 해야 한다. 거절하지 않아야 상대가 좋아할 거라는 생각은 착각이다. 이유없이 무조건 거절하면 안 되지만 거절해야 하는 일은 반드시 거절해야 한다. 그래야 상대가 나의 존재감을 인정하게 된다. 보통사람들은 자기에게 친절한 사람보다 쌀쌀맞은 사람에게 잘해준다. 친절한 사람은 이미 나에게는 확보된 권리이지만 쌀쌀맞은 사람은 확보해야 할 권리로 생각하기 때문이다. 내가 나로서 존재감을 인정받으려면 내가 남에게는 확보되지 않은 권리로 남아 있어야 한다.

할 말은 반드시 해야 한다. 아무 말을 하지 않으면 상대는 '저 사람은 아무렇게나 대해도 괜찮은 사람'이라는 무언의 신호로 받아들일 수 있다. 내 의사를 명확히 표현함으로써 상대는 '내 마음대로 하기 어려운 사람이구나'를 분명히 인식한다. 영화 〈블랙리스트〉에 이런 대사가 나온다.

"남이 너에게 함부로 하는 이유가 무엇인지 아는가? 그것은 너에게 아무렇게나 해도 괜찮을 거라는 암시를 네가 주고 있기 때문이야."

경우에 따라서는 화를 내야 한다. 화낼 일에도 화를 내지 않으면 상대는 나를 화도 낼 줄 모르는 사람, 아무렇게나 해도 괜찮을 사람, 부당한 일을 해도 무조건 참는 사람으로 여기고 나를 더욱 함부로 대한다. 결국 나는 상대에게 노예가 되고 만다.

자기중심, 소신을 명확히 간직해야 한다. 상대에게 무조건 끌려다니는 사람이 있다. 그러면 상대가 좋아할 거라고 생각한다. 물론 좋아할 것이다. 이용해먹기 좋으니까! 상대가 하자는 대로만 하면 자기라는 존재는 어디 있는가? 가장 문제가 큰 사람, 가장 어리석은 바보는 자기중심, 자기 소신이 없는 사람이다. 평생 남의 인생을 살고 자기는 없는 삶을 살았다면 그것처럼 안타까운 일, 그것처럼 미련한 일이 어디 있겠는가!

착한 사람으로 살지만 쉬운 사람으로 살지는 말자. 남에게 잘해주지만 만만해 보이지는 말자. 남을 배려하지만 쉽게 조종당하는 사람은 되지 말자.

○
●

타인의 인정에 집착하지 말라

어떤 사람이 멋진 침대를 샀는데 그걸 사람들에게 자랑하고 싶었다. 그래서 꾀를 내어 동네 사람들에게 자기가 아프다는 소문을 퍼뜨렸다. 사람들이 병문안을 오면 자연스레 새 고급 침대를 자랑할 수 있을 테니 말이다. 때마침 그의 친구 한 명이 새로 산 속바지를 자랑하고 싶어 미칠 지경이었다. 친구가 아프다는 소문에 병문안을 가서 속바지를 자랑하려고 마음먹은 그는 침대를 산 사람의 집을 곧장 방문했다. 그는 한쪽 다리를 침대 위에 올려놓고 속바지를 보이며 물었다.

"자네는 무슨 병에 걸려 이렇게 누워 있나?"

그러자 침대를 자랑하려 했던 친구가 한숨을 내쉬며 대답했다.

"자네나 나나 지금 똑같은 병을 앓고 있구먼."

사람들에게는 타인의 인정을 받고 싶어 하는 강력한 욕구가 있다. '인정투쟁'이라는 단어도 있다. 생소한 어휘일지 모르겠지만 헤

겔이 처음 사용한 이 말은, 다른 사람에게 인정받고자 하는 욕구는 너무도 강렬해서 그것을 위해 생사를 건 투쟁까지 하게 된다는 뜻이다. 프랜시스 후쿠야마(Francis Fukuyama) 교수는 인류의 역사는 두 가지 동기에서 발전해왔는데 하나는 물질적으로 더 풍요로운 삶을 살아보겠다는 '물질적 동기'와 남에게 인정받고자 하는 '인정 동기'라고 했다. 이처럼 남에게 인정 받는 일은 사람에게 엄청나게 중요한 요소이다. 사람은 남에게 인정받음으로써 삶의 보람과 행복을 느끼고 자신의 정체성을 확인한다.

아이들은 집에서는 부모에게, 학교에서는 선생님에게 인정을 받으면서 성장한다. 회사원은 사장 혹은 다른 직원들에게 인정받고 싶어 하고 또는 아내나 가족에게 인정받고 싶어 열심히 일하고 고생도 한다. 대통령도 국민에게 인정받고 싶어 하고 역사에 남는 훌륭한 대통령으로 인정받기를 원한다. 만일 누구도 사람에 대해 인정해주지 않는다면 이 세상은 얼마나 삭막할까? 대부분의 사람들은 삶의 의욕이 떨어지고 사회는 생동감을 잃어버려 발전도 진보도 줄어들 것이다.

그럼에도 남을 지나치게 의식하고 남에게 얽매여 사는 것은 결코 좋은 일이 아니다. 과도하게 남의 인정에만 집착한다면 결국 삶의 균형을 잃어버릴 것이기 때문이다. 남이 알아주고 인정받는 일도 좋지만 그것을 무리하게 추구하면 결국 삶의 균형이 깨진다.

삶에 명확한 기준을 설정하자

착한 사람들의 또 다른 문제는 지나치게 타인을 의식한다는 점이다. 남을 배려하고 남의 입장과 편리를 먼저 생각하다 보니 타인에게 관심이 가 있다. 그래서 나보다는 남의 인정, 자기 평가보다는 남의 평가를 더 신경 쓴다. 스스로 만족하기보다는 남의 칭찬과 환호에 더 민감하다. 심지어는 나의 감정보다는 타인의 감정에 더 예민하게 반응한다. 나로 인해서 다른 사람이 조금이라도 기분 상하면 굉장히 힘들어한다. 그러다 보니 모든 일에서의 관심이 내가 아닌 남이 된다. 나의 삶에 나의 기준은 없어지고 타인이 기준이 된다.

어떻게 보면 좋은 것 같지만 사실은 그렇지 않다. 나는 도대체 어디 있는 것인가? 왜 내가 남의 기준으로 살아야 하는가? 나는 없고 남만 있다면 나의 인생은 어떻게 되는가? 착한 사람이라고 다 그렇지는 않지만 이런 부류가 꽤 많이 있으리라 생각한다. 그야말로 천사 같은 사람이지만 다시 한번 살펴볼 필요가 분명히 있다. 나 없는 나 자신이 존재할 수 있는가? 나로 온전히 서지 못한 사람이 어떻게 남을 위해 배려하고 일할 수 있는가? 그게 옳은 일인가? 그렇게 해서 진정 행복할 수 있는가?

착한 사람은 타인의 인정에 목매지 말아야 한다. 거기서 벗어나 자기의 길을 꿋꿋하게 갈 수 있어야 한다. 초점을 남이 아닌 나에게 맞추고 방향을 전환해야 한다. 철저히 이기적 인간이 되라는 말이 아니라 나와 남의 균형을 이루라는 뜻이다. 이것이 핵심이다.

이제 한쪽으로 기울어졌던 인생의 저울추가 균형을 이루게 만들자. 나를 위한 저울추와 남을 위한 저울추가 수평이 되게 하자. 남을 위한 수고와 나를 위한 배려가 조화를 이루게 하자. 남의 감정과 내 감정의 무게가 같아지도록 만들자.

그러기 위해서는 남의 눈치를 보지 말라. 자신이 하고 싶은 대로 하라. 싫은 일은 싫다고 말하라. 타인에게 인정받기 위해 무리하게 애쓰지 말라. 남의 인정보다 중요한 것은 내가 나를 인정하는 것이다. 먼저 나를 위로하고 자신을 칭찬하라. 나를 최고의 명품으로 여기고 자부심을 가지라.

모두에게 사랑받기를 바라지 말고 모두에게 인정받으려 애쓰지 말자. 다른 사람의 비난이나 인정을 지나치게 신경 쓰지 말자. 남에게 미움 받을까 두려워하지 말자. 비난에는 맷집을 키우고 타인의 시선과 평가에 좀 무디어지자. 인정 욕구는 최소화하고 자기만족은 극대화하자. 타인으로 인해 얽매였던 마음의 끈을 풀어주고 자신에게 자유를 만끽하도록 허락하자.

○
●

완벽주의자가 아닌 최적주의자

독일의 관념철학자 칸트는 완벽주의자여서 자신이 만들어놓은 규칙까지도 철저히 지켰다. 매일 정확한 시간에 아침을 먹고, 매일 똑같은 시간에 같은 장소를 산책했다. 얼마나 시간을 잘 지켰는지 동네 사람들은 산책하는 칸트를 보고 시계를 맞추었다고 한다. 그런 그에게 한 여성이 청혼했지만 칸트는 대답하지 않았다. 답답했던 여성이 대답을 분명히 하라고 최후통첩을 하자 그는 "생각해보겠습니다"라고 말한 후 도서관에 가서 결혼을 해야 좋을지, 하지 말아야 좋을지 관련 도서들을 읽으며 연구를 시작했다.

무려 7년 동안 연구한 후에 결혼해야 하는 이유 354가지와 결혼하지 말아야 하는 이유 350가지를 찾아냈다. 결혼하면 좋은 점이 4가지 더 많았기에 결혼을 결심하고 청혼한 여인을 찾아갔지만 거절당하고 말았다. 그녀는 이미 결혼해서 두 아이의 어머니였기 때문이다. 이처럼 칸트는 무엇이든 철저히 검증해야 하는 완벽주의

탓에 평생 독신으로 지냈다.

내가 아는 친구는 완벽주의를 넘어 결벽주의자이다. 책들은 각이 맞을 정도로 가지런히 정리되어 있어야 하고, 책상 위나 방바닥에 조금의 먼지라도 용납하지 않는다. 와이셔츠는 칼날같이 다려져 있어야 하고 모든 옷은 한 톨의 얼룩없이 깨끗하게 세탁되어 있지 않으면 난리가 난다. 아내는 그런 그를 견딜 수 없어서 아이가 있는데도 3년 만에 이혼했다.

나도 과거에는 심하지는 않았지만 어느 정도 완벽주의자였었다. 대학생 때는 나름대로 성자의 길을 가야겠다 생각하고 한 달 동안 여자를 절대로 쳐다보지 않기로 결심했다. 그래서 길을 갈 때 앞만 보고 똑바로 걸었다. 얼마나 우스꽝스러운 일인가! 안 보겠다고 결심하면 할수록 머릿속은 여자 생각으로 가득 찼다. 겨우 사흘 만에 집어치우고 내린 결론은 '그냥 대충 지내자'였다. 그게 오히려 여자에 대한 생각을 줄이는 길이라는 결론을 내린 것이다.

지나친 완벽주의는 불행을 자초한다

착한 사람 중에는 유독 완벽주의자가 많다. 뭔가 흠 없이 더 잘해보려는 성향이 있어서인 듯하다. 완벽주의는 얼핏 좋은 것 같지만 사실은 문제가 많다. 이룰 수 없는 것을 추구하기 때문이다. 현실을 비현실적으로 살려고 하니 말이다. 인간이라는 존재가 완벽하지 않은데 완벽을 끝없이 갈망하니 문제가 된다. 이룰 수 없는 것 때문에 고민하고 갈등하고 힘들어하다가 결국 불행을 자초한다. 완벽주의는 우리가 극복해야 할 대상이다.

완벽주의의 몇 가지 문제점을 살펴보자.

인생에 만족감이 없다. 웬만해서는 기쁘거나 행복하지 않다. 자신의 기대 수준이 그만큼 높기 때문이다. 어떤 완벽주의자는 살면서 자신에게 한번도 만족한 적이 없었다고 고백했다. 완벽주의자는 실패해도 만족하지 못하고 성공해도 만족하지 못한다. 학교 성적이 아무리 좋고 회사 직위가 올라도 큰 기쁨을 느끼지 못한다. 돈을 많이 벌어도, 훌륭한 배우자를 만나도, 회사에서 좋은 평가를 받아도 충분하지 않다. 목표와 기준이 현실적으로 달성할 수 없는 높은 곳에 있기 때문이다.

비효율적으로 일한다. 완벽을 추구하다 보니 하찮은 일에도 많은 에너지를 쏟아서 보통사람이 2~3시간이면 하는 일에 5시간, 10시간을 투자한다. 그러나 결과는 큰 차이가 없으며 체력, 노력, 시간만 낭비한다. 그러니 번아웃(burnout)이 쉽게 온다. 한 프로젝트를 끝내고 다음 프로젝트에 들어가야 하는데 이어갈 힘을 신속하게 채우지 못한다.

까다로워서 자신도 타인도 피곤하게 만든다. 완벽주의자는 자신에게도 남에게도 엄격해서 작은 실수도 쉽게 용납하지 않는다. 일하는 본인도, 주변에서 돕는 타인도 힘들 수밖에 없다. 일의 비중에 비해 지나치게 에너지를 쏟기 때문에 일하는 사람은 특히 스트레스를 많이 받는다.

좋은 일도 선뜻 시작하지 못한다. 모든 일은 잘해야 하고 완벽하게 해야 한다는 강박관념이 있어서 새로운 일을 과감하게 시작하지 못한다. 무슨 일이든 '못해도 괜찮다' 생각하면 더 잘할 수 있는데 완벽해야 한다는 긴장감이 오히려 일을 망친다.

내게도 그런 경험이 있었다. 정말 하고 싶었던 훌륭한 프로젝트가 있었다. 그런 만큼 선불리 덤벼들지 말고 완벽하게 준비한 후 시작해야 한다고 늘 생각했다. 그러다가 3년을 흘려보냈다. 이러다가는 결국 할 수 없을 것 같았다. 그런데 신입 직원이 그 프로젝트를 반드시 하자고 했다. 나는 지금도 그를 잊지 못한다. 이후로 해마다 그 프로젝트를 진행하면서 좋은 성과를 거두고 있다. 그 직원이 추진하지 않았다면 나는 지금도 그 일을 못했을 것이다. 완벽주의적 요소가 있는 사람은 반드시 이런 문제점을 알고 대응해야 한다.

만사를 이분법으로 나눈다. 좋은 것과 나쁜 것, 옳은 것과 그른 것, 최고와 최악, 성공과 실패… 중간은 인정하지 않는다. 이는 옳지 않다. 현실에서 인간관계나 이렇게 칼로 무 자르듯 딱 자를 수 있는 일은 거의 없다. 이분법적 사고는 매우 위험하다. 오히려 중간이 훨씬 많다. 사람을 보더라도 양극단으로 구분하기 때문에 정확하게 판단하지 못하는 실수를 저지르기 쉽다.

건강에 손상을 가져온다. 완벽주의자는 다른 사람보다 스트레스를 많이 받는다. 완벽주의 성향이 있는 사람은 우울증, 불안, 성기능장애, 알코올중독, 편집증, 거식증, 만성피로, 신경쇠약 등의 정서장애가 생길 수 있다고 한다. 연세대학교 상담심리연구실의 조사에 따르면 우리나라 사람 2명 중 1명은 완벽주의라고 한다(*《네 명의 완벽주의자》, p21). 거의 절반이 완벽주의 성향을 가지고 있는 것이다. 특히 착한 사람 중에 완벽주의가 많다. 완벽주의의 폐해를 분명히 인식하고 이를 반드시 극복하려 노력해야 한다.

완벽주의를 벗어나 최적주의로 가는 길

모든 일을 100점이 아니라 70~80점 정도로 만족하는 훈련을 해야 한다. 시험 점수가 아니라 하는 일의 완성도를 말하는 것이다. 너무 욕심 부리지 않고 적정선에서 만족하는 연습을 하라. 100점 맞기 위해 일하기보다 70점을 목표로 일하면 에너지가 절반도 안 드는 것을 경험할 수 있었다. 마음도 편안해진다.

때로는 일부러 망쳐보라. 완벽주의자는 완벽하지 않으면 무슨 큰일이라도 벌어질 줄 알지만 전혀 그렇지 않다. 가끔은 청소도 건너뛰고, 글씨도 엉망으로 쓰고, 일도 좀 엉터리로 해보는 연습이 필요하다. 물론 쉽지 않겠지만 작정하고 시도하면 불가능한 것도 아니다. 나는 완벽주의를 벗어나기 위해 자신을 일부러 망가뜨린 적도 있었다. 내가 나를 망가뜨리니까 그렇게 자유로울 수 없었다. 자신의 기대치를 낮추면 인생이 얼마나 편한지 모른다.

성공하려면 반드시 실패가 필요하다는 사실을 기억하라. 실패를 두려워 말라. 실패를 일상으로 생각하고, 실패에 익숙해지라.

현실을 이상으로 만들려 하지 말라. 있을 수 없는 일이며 그럴 수 있다는 생각은 착각이다. 꿈에서 깨어나야 한다. 현실은 현실이고 이상은 이상이다. 현실은 이상이 될 수 없다.

지구를 구할 생각을 버리라. 어렸을 적에는 지구를 구하지 않으면 내가 무슨 잘못이라도 한 것 같았다. 그런데 어떤 책을 읽다가 그런 생각을 버리라는 내용을 읽고 자유함을 얻었다. 착한 사람은 자기 의(義)의 목표를 너무 크게 잡는다. 모든 선한 일을 하지 않으면 죄라도 지은 듯 힘들어한다. 내가 지구를 구하지 않아도 구할 사람은 많다. 목표를 너무 크게 잡지 말라. 내게 주어진 일만 잘해도 잘한 것이다.

무슨 일이든 흠 있는 채로 만족하라. 어떤 사람이 바다에서 아주 값비싼 진주를 발견했다. 매우 소중히 여기며 매일 그 진주를 바라보는 것이 인생의 낙이었다. 그런데 어느 날 진주에 아주 작은 흠이 보였다. 그 흠 때문에 볼 때마다 마음이 상했다. 흠을 없애고 싶어 세공소에 가서 그 부분을 깎아냈다. 하지만 집에 와서 살펴보니 여전히 작은 흠이 남아있었다. 그는 또 흠을 깎아냈다. 깎고 깎다가 결국 진주는 없어지고 말았다. 무슨 일이든 흠이 있는 채로 만족하라. 완벽한 것이 아름다운 것이 아니라 흠이 있는 상태가 아름답다.

완벽주의자가 아닌 최적주의자가 돼라. 완벽주의는 100점을 추구하지만 최적주의는 현실을 인정하고 70~80점에 만족하며 거기에 맞춰 살아간다. 모든 것을 최대화할 수는 없지만 최적화할 수는 있다. 완벽주의자가 현실의 상황을 무시하고 모든 것을 최대화하려는데 초점을 맞춘다면, 최적주의자는 현실 상황을 인정하고 여러 요소들을 최적화하는 방법을 찾는다. 그래서 최적주의자는 인간의 연약함과 불완전함을 수용하고 현실이 마음에 들지 않아도 받아들인다. 그리고 그 현실에 맞춰 최선을 다하고 결과에 항상 만족한다.

○
●

큰 사람이 돼라

아내 옆집 훈이 아빠는 청소도 잘 도와주고 요리도 잘하고, 돈도 잘 번다더라.

남편 그럼 훈이 아빠랑 살던지~

아내 그걸 지금 말이라고 해? 이럴 때 벌떡 일어나서 좀 도와주면 안 돼?

남편 싫은데? 내가 훈이 아빠냐?

아내 또 삐졌어? 아휴~ 밴댕이 소갈머리.

한 텔레비전 프로그램에서 나온 대사다. 밴댕이는 물고기이고, 소갈머리는 속마음을 뜻하는 속어다. 밴댕이 소갈머리는 밴댕이의 속처럼 속이 좁고 옹졸하여 쉽게 토라지는 사람을 가리킨다.

지인들과 횟집을 갔을 때 밴댕이를 처음 보았다. 몸 크기에 비해 속이 너무 작았다. 속 좁은 사람을 밴댕이 속 같다는 말을 금방 이해할 수 있었다. 횟집 주인은 이렇게 말했다. "밴댕이는 속이 좁아서 성질이 급해 잡히자마자 죽기 때문에, 회를 뜨려면 매일 새벽에 어부가 잡은 것을 바로 가지고 와야만 해요. 그래서 밴댕이회는 싱싱하지 않을 수 없지요."

착한 사람 중 속 좁은 사람이 의외로 많다. 무엇보다 속을 넓히는 훈련을 해야 한다. 그렇지 않으면 인생이 피곤해진다. 스트레스가 생기는 이유는 여러 가지이지만 그중 하나는 속이 좁기 때문이다. 속이 좁으면 어떤 문제들이 있는지 살펴보자.

만사가 다 마음에 안 든다. 장점보다는 단점이 더 잘 보인다. 따지기를 잘하고 시비를 잘 건다. 남에 대해 긍정보다는 부정하는 일이 잦다. 남이 한 일은 어지간해서는 만족하지 못한다. 남을 쉽게 지적하고 까다롭게 군다. 까다로우니 주변 사람들을 힘들게 한다. 여기에서 그치지 않는다. 숨기는 것이 많고, 자신의 감정을 잘 드러내지 않는다. 다른 사람에 대해 방어적이다. 포용력이 부족하다. 그래서 오해를 많이 하고 의심도 많이 하게 된다. 염려와 걱정, 두려움이 많다. 문제의 핵심을 파악하지 못하고 지엽적인 것에 매달리니까 보는 시야가 좁다. 남과 비교를 잘한다. 그러다 보니 열등감에 쉽게 빠지고 남과 자신에게 상처를 준다.

속이 좁은 사람의 문제점을 상세하게 여러 가지 나열했다. 사람마다 정도의 차이가 있고 그 형태가 다 다를 것이다. 자신에게 해당되는 항목도 있고 전혀 관계없는 내용도 있을 테니 한번 살피는 계기로 삼으면 된다.

멀리서 큰 그림을 보라

속 좁은 것은 누구나 반드시 극복해야 할 과제다. 남을 위해서도 그렇지만 특히 자신을 위해서 그렇다. 가정에서 속 좁은 사람이 있으면 분란이 자주 생긴다. 사회나 국가도 마찬가지여서 지도자가 속이 좁으면 모든 사람이 힘들고 피곤하다. 사사건건 시비를 걸고 싸움을 일으키니 정파 간, 분야 간, 부서 간, 나라 간에 분쟁이 끊이지 않는다. 어떤 사람도 완전할 수 없다. 서로 약점을 품어주고 포용력을 발휘해야 한다.

그럼 속이 넓은 사람이 되려면 어떻게 해야 할까? 그리 어렵지 않다. 조금만 노력하면 어느 정도 달성할 수 있다.

인생의 큰 그림을 보는 훈련을 하라. 대인은 큰 그림을 보지만 소인은 그림의 일부를 본다. 대인은 멀리 보지만 소인은 코앞만 본다. 대인은 먼 미래를 생각하지만 소인은 지금 당장만 생각한다. 대인은 일희일비하지 않지만 소인은 작은 일에도 쉽게 요동한다. 대인은 사람의 전체를 보고 평가하지만 소인은 하나만 보고 그 사람 전체를 판단한다. 대인은 일이 생기면 전반을 두루 살피지만 소인은 지엽적인 것 하나에 꽂혀 다른 것을 무시해버린다. 그리고 거기에 매몰되어 끌려다닌다. 큰 사람이 되고 싶다면 의도적으로 넓게 보고, 크게 보고, 길게 보고, 전체를 보고, 일희일비하지 않는 훈련을 하라. 그러면 어느 순간 당신도 대인이 될 것이다.

작은 일에는 신경을 끄라. 사람은 유한한 존재이기에 모든 일을 해낼 수도, 모든 것에 간섭할 수도 없다. 그러므로 가장 큰 일, 가장 중요한 일을 찾아내어 우선순위로 해야 한다. 작은 일을 너무 신경 쓰면 정작 중요한 일을 놓치기 쉽다. 또한 비효율적으로 일하게 되고 시간과 에너지를 낭비하게 된다. '견문발검(見蚊拔劍)'이란 말이 있다. 모기를 보고 칼을 뺀다는 뜻이다. 조그만 일에 화를 내며 비효율적으로 구는 속 좁은 사람의 행동이 이와 같다. 견문발검하지 말자. 큰 사람이 되자.

타인을 넓은 마음으로 품어주자. 나는 '봐준다'라는 우리말을 참 좋아한다. 한국의 정서가 듬뿍 담긴 단어라고 생각한다. 사람은 서로 봐줘야 산다. 상사는 부하를 봐주고 부하는 상사를 봐주고 사장은 사원을, 사원은 사장을 봐줘야 한다. 아내는 남편을, 남편은 아내를 봐줘야 한다. 부모는 자녀를, 자녀는 부모를 봐줘야 한다. 모두 봐줘서 이렇게 지낼 수 있는 것이다. 우리 서로 잘 봐주자.

큰 사람이 되려면 그릇을 크게 하라. 그릇이 크면 많이 담기고 작으면 적게 담긴다. 그릇이 아름다우면 담긴 것도 아름답다. 그릇이 더러우면 아무리 깨끗한 것을 담아도 더러워진다. 어떤 그릇이냐에 따라 담긴 것이 결정된다. 사람은 그릇이다. 아무리 장맛비가 쏟아져도 그릇에 구멍이 나 있으면 물 한 방울 담을 수 없다. 좋은 그릇이 되는 것이 인생의 큰 과제다. 큰 그릇이 되기를 힘쓰라.

넓은 세계로 나아가라. 코이라는 특이한 물고기가 있다. 어디에서 자라느냐에 따라 크기가 달라진다. 작은 어항에서 키우면 5~8cm가 되지만 큰 수족관이나 연못에 넣어두면 12~25cm까지 자란다. 강물에 방류하면 무려 90~120cm까지 자란다고 한다. 사람도 이와 비슷하다. 어디에 있느냐에 따라 크기가 달라진다.

한없이 넓은 세계로 나아가라. 우물 안 개구리가 되지 말고 더 큰 세계를 향하여 더 큰 꿈을 품고 더 큰 미래를 향하여 나아가라. 꿈이 작은 사람은 소인이 된다. 세계를 품고 큰 포부를 가지고 대인의 걸음을 내딛으라.

5

UPGRADE 2

착한 사람 업그레이드 2

결정적인 단점 해결하기

○
●

침묵은 금이 아니다. 할 말은 하라

"침묵은 금이고 웅변은 은"이라는 유명한 격언이 있다. 침묵의 유익에 대한 금언은 매우 많다.

> "바보는 말을 할 줄 몰라 침묵하지만, 강자는 말이 많으면 실수한다는 것을 알기 때문에 침묵한다."
>
> – 고대 그리스의 철학자 테오프라스토스
>
> "나는 종종 내가 한 말을 후회한다. 그러나 침묵한 것은 결코 후회한 적 없다."
>
> – 로마의 시인이자 작가 퍼블리우스 사이러스
>
> "내가 말하지 않는 것이 말한 것보다 더 큰 힘을 갖는다."
>
> – 페르시아 속담
>
> "연설은 위대하지만 침묵은 더 위대하다."
>
> – 토머스 칼라일

"우리는 적의 말들은 잊을 것이나, 친구의 침묵은 기억할 것이다."

-마틴 루터 킹

그러나 침묵이 늘 좋은 것만은 아니다. 침묵이 독이 될 때도 있다.

1986년 미국 우주왕복선 챌린저호가 발사 73초 만에 공중에서 폭발한 참사가 있었다. 당시 나도 그 장면을 실시간으로 본 기억이 있다. 정말 끔찍한 대형사고였다. 나중에 알려진 사고 원인은 소통 문제였다고 한다. 연구원들은 폭발 확률을 1/200~1/300로 보고했지만 위로 올라갈수록 걸러져 최고책임자는 1/100,000로 보았다. 침묵으로 일관한 당시 회의문화가 단점을 축소해 전달하는 과정에서 생긴 엄청난 오류였던 것이다. 이처럼 때로 침묵은 금이 아닌 독이다.

착한 사람들 중에는 침묵이 습관인 사람들이 있다. 침묵하면 편하니까 입을 닫는 쪽을 택하지만, 그로 인해 일어나는 부작용은 생각하지 않는다. 침묵하는 이유는, 일단 조용히 있고 시간이 지나면 해결되리라 생각하기 때문이다. 나의 경험상 절반만 맞는 말이다. 무슨 일이 생겼을 때 떠벌리고 다니기보다 침묵하는 편이 문제 해결에 효과적일 때가 분명히 있다.

그러나 할 말을 하면 문제가 훨씬 더 쉽게 풀리는 경우도 있다. 오해로 인해 생긴 문제, 나의 의견을 상대에게 분명히 알려야 할 경우, 상대가 나를 함부로 대할 때 등 방치하면 점점 더 힘들어질 상황이라면 침묵을 깨야 한다. '이렇게 하면 나는 정말 싫다'는 뜻을 제대로 전달해야 한다. 그렇지 않으면 상대는 계속 나를 무시하며 더 함부로 굴 것이다.

계속 참으면 하찮은 사람이 될 수 있다

말은 그 사람의 마음이다. 말의 내용도 중요하지만 말투도 중요하다. 같은 말이라도 말투에 따라 느낌이 전혀 달라진다. "잘했어"라는 말만 봐도 억양, 톤, 강약, 굵기, 속도, 흐름에 따라 내용이 천차만별로 달라질 수 있다. '정말 잘했다'일 수도 '그냥 대충했네' 혹은 '보통이네' 때로는 '못했는데 그냥 봐주는 거야'일 수도 있다. 사실은 '못했어'인데 반어법으로 표현한 것일 수 있다.

교활한 사람들은 순진한 사람을 아주 교묘하게 골탕 먹인다. 매번 그냥 넘긴다면 그런 일은 계속 반복되고 시간이 지날수록 강도도 심해진다. 그러면 나는 관대한 사람이 아니라 하찮은 사람, 별볼 일 없는 사람, 무시해도 되는 사람이 되는 것이다.

말투가 마음에 안 들면 말투를 지적하고 내용이 마음이 안 들면 내용을 지적해 주어야 한다. 어떤 말로 지적할지는 자신이 고민해야 한다. 자기만이 할 수 있는 말투와 내용이 있기 때문이다. 감정적이지 않은 상태로 내용만 정확히 전달해야 명확하게 내 의사를 전달할 수 있다. 감정이 실리면 문제가 다른 쪽으로 파생될 수 있고 상대에게 반격의 기회를 제공하며 오히려 내가 약점을 잡히는 경우도 있다. 처음부터 잘하기는 어려우니 몇 번 연습했다가 상황이 오면 실천해야 한다. 단단히 마음의 준비를 하고 용기내어 한 번 시도하면 다음부터는 쉬워진다.

침묵은 자칫 오해를 낳는다

여러 사람이 모인 회의에서도 침묵을 고수하면 안 된다. 말이 너무 많아도 좋지 않지만 아무 말도 하지 않으면 안 된다. 회의에 참석한 이유가 무엇인가? 그냥 자리를 채우기 위해서인가? 내 의견이 필요하기 때문에 그 회의에 내가 있는 것이다. 그러니 한마디라도 말을 하는 것이 좋다. 그것이 모인 사람들에 대한 예의고 나의 성의 표시이다. 특히 직장에서 회의할 때 아무 말도 하지 않으면 오해를 살 수 있다.

나는 회의할 때 말을 하지 않는 사람보다는 적당히 말하는 사람이 좋다. 회의를 통해 여러 아이디어를 얻고 싶기 때문이다. 직원이 아무 말도 없으면 약간 불편해진다. '왜 저리 무관심하지? 고민 한 번 안해 봤나? 자기는 이 일과 상관없다는 건가?' 별의별 생각이 다 들 때가 있다.

침묵하지 않고 말을 해야 존재감을 나타낼 수 있다. 말을 해야 내가 있는 것이다. 말을 할 때 상대는 나의 존재를 의식한다. 침묵만 하고 있으면 나는 그 자리에 없는 것이나 다름없다. 또한 할 말은 해야 후회하지 않는다. 할 말을 하지 않으면 속병이 생길 수도 있다. 나중에 후회하지 않기 위해서라도 할 말은 해야 한다. 말을 해야 문제를 해결해 나갈 수 있다.

모든 상황에서 침묵으로 일관하면서 문제가 저절로 풀리리라고 기대해서는 안 된다. 물론 침묵해야 무리 없이 풀릴 문제도 있지만 반드시 말로 해결해야 하는 문제도 있다. 말을 하지 않아 불필요한 오해를 불러일으키기도 한다. 무관심한 사람, 거만한 사람 때로는 멍청한 사람, 무능한 사람으로 오해받을 수 있다.

때로는 침묵이 독이 된다. 직장에서 사회에서 침묵함으로써 소통이 안 될 때 어떤 심각한 문제들이 발생하는지 경험해보았을 것이다. 할 말이 있다면 반드시 하는 용기를 갖자. 그러면 문제를 의외로 쉽게 해결할 수 있다. 소극적으로 침묵하지 말자. 침묵은 금이 아니라 독이 될 수도 있다는 사실을 명심하자. 침묵해야 할 일은 침묵하고 반드시 해야 할 말은 꼭 하자.

"침묵하라, 아니면 침묵보다 더 가치 있는 말을 하라."

-탈무드

○
●

잔꾀 부리는 사람

'조삼모사(朝三暮四)'라는 고사성어가 있다. 옛날 송나라에 저공이라는 사람이 원숭이를 많이 길렀는데 그 수가 늘어나 먹이가 부족해졌다. 저공은 고민한 끝에 원숭이들에게 이렇게 말했다.

"이제부터 너희들에게 도토리를 아침에 3개, 저녁에는 4개씩 주겠다."

원숭이들은 마구 화를 내면서 반발했다. 그러자 저공은 할 수 없다는 듯 이렇게 정정했다.

"그러면 어쩔 수 없구나. 아침에 4개, 저녁에는 3개씩을 주겠다."

그러자 원숭이들이 크게 환호했다. 얕은 꾀로 남을 속이는 간교함을 나타내는 고사이다.

착한 사람이 간혹 빠지는 함정 중 하나가 잔꾀를 부리는 일이다. 사실은 착한 사람뿐 아니라 모든 사람에게 해당된다. 우리는 평소 잔꾀의 유혹을 많이 받는다. 목적은 이루어야겠는데 정상적인 방법으로는 어려우니까 잔꾀를 쓰려고 한다. 은밀하게 악을 행한다, 남몰래 거짓을 범하고 얕은 꾀로 목적을 달성하려 한다. 대놓고 거짓을 행할 용기는 없으니까 변칙을 쓰는 것이다. 큰 잘못을 저지르기는 무서워 작은 잘못을 은밀하게 행하는 것이다.

어쩌다가 한 번 정도는 있을 수 있지만, 한 번 하면 그 다음에는 습관이 되고 나중에는 자연스런 일상이 되어 상습범이 된다. 윤리와 도덕은 점점 무디어가고 심각한 중범죄자로 전락할 수도 있다. 바늘 도둑이 소도둑 되는 셈이다.

업무 중에 거짓말을 하고 회사에서 빠져나와 자기 일을 본다. 소액을 빌리고는 잊었다는 핑계로 갚지 않는다. 적은 돈이나 물건을 남몰래 슬쩍 훔친다. 작으니까 죄라고 여기지 않는다. 친구와의 사소한 약속을 어기기 위해 거짓 핑계를 댄다. 일을 유리하게 이끌기 위해 얄팍한 꼼수를 부린다. 갖고 싶었던 책이나 물건을 오랫동안 되돌려주지 않아 결국은 자기 소유로 삼는다. 직장에서는 자기에게 유리하게끔 거짓으로 업무를 보고한다. 사사로운 거짓말을 그때그때 쉽게 일삼는다. 회사의 소소한 업무 용품을 종종 집으로 가져오거나 조금씩 빼돌려서 자기의 이익을 채운다. 별것 아니라고 스스로 위로하면서 실제로는 자기 욕심을 챙긴다.

《거짓말하는 착한 사람들》이라는 책에 나오는 이야기이다. 대학생 바이스는 워싱턴D.C.에 있는 '케네디 예술센터' 선물 매장에서 물품 재고를 관리하는 일을 했다. 300명 넘는 자원봉사자들이 헌신적으로 봉사하는 이곳의 1년 매출액은 40만 달러가 넘었다. 그런데 해마다 무려 15만 달러가 넘는 현금과 물건이 어디론가 새어나가는 것이다. 문제의 심각성을 알게 된 바이스는 도둑을 잡아야겠다고 생각했다. 사설탐정을 고용하고 덫을 놓아 함정수사를 한 결과, 자원봉사자들이 현금 상자에서 돈을 빼돌리고 물건을 훔치고 있었다는 사실이 밝혀졌다. 예술을 사랑하고 남을 위해 봉사하는 다수의 착한 사람들이 범죄를 저지른 것이다. 이런 사건은 우리 주변에서 얼마든지 일어난다.

작고 은밀한 범죄의 유혹에 빠지지 않으려면

내가 아는 종교단체에서도 비슷한 일이 있었다. 그곳에는 봉사도 잘하고 신앙심도 좋고 후원금도 많이 내는 신도가 있었다. 사람들의 신임을 받은 그는 재정 일을 맡았는데, 언제부터인가 후원금이 자주 없어지는 게 아닌가. 한 간부가 아무도 모르게 카메라를 설치했는데, 그 신실한 신도가 틈날 때마다 후원금을 조금씩 빼돌리고 있었다. 나는 그 이야기를 듣고 어리둥절했다.

'아니, 후원금을 내지 말든지 아니면 도둑질을 하지 말든지… 후원금을 내고 도둑질을 한다?'

도저히 이해할 수 없었다. 그러나 훗날 착한 사람들의 속성을 알고 나서는 그 상황을 이해하게 되었다.

왜 착한 사람들이 그처럼 작고 은밀한 범죄를 저지르는 걸까? 사람에게는 두 가지 욕구가 있다. 하나는 부정한 방법으로라도 쉽게 경제적 이득을 보려는 욕구, 다른 하나는 사회적으로 좋은 평판을 유지하고 싶은 바람이다. 이 둘을 동시에 취할 수 있는 방법이 있을까? 그건 마치 빵을 먹으면서도 빵이 그대로 남아있기를 바라는, 말도 안 되는 일이다. 착한 사람들은 여기서 중대한 착각에 빠진다. 작고 은밀하게 부정한 방법을 통하면 두 가지를 동시에 얻을 수 있다고 생각하는 것이다. 그래서 나오는 것이 잔꾀고 꼼수고 은밀한 범죄다. 수많은 사람들이 이 함정에서 헤어 나오지 못한다. 참으로 무서운 함정이다.

누구나 예외 없이 이 유혹에 넘어가서는 안 된다. 이 유혹에 빠지면 한두 번은 무리 없이 지나갈지 몰라도, 반복되고 무디어지면 일상이 되고 실상이 밝혀질 때가 반드시 온다. 그때는 착한 사람의 명성도, 훌륭한 사회적 평판도 모두 사라지고 만다.

잔꾀에 빠지지 않는 방법, 은밀한 범죄의 유혹에 넘어지지 않으려면 어떻게 해야 할까?

잔꾀와 꼼수, 작고 은밀한 범죄에 대한 혐오감, 증오심을 가져야 한다. 나는 성향적으로 그런 것이 싫다. 물론 나 역시 결코 완전하지 않기에 언제든 그런 유혹에 넘어질 수 있다고 생각한다. 무엇보다도 그런 일을 싫어하는 것이 그런 유혹에 빠지지 않는 길이다.

작은 이득에 눈독 들이지 말아야 한다. 작은 이득이다. 사실 있어도 그만, 없어도 그만이다. 내 삶에 그리 중요하지 않다. 자질구레한 이득에 눈독 들이지 않겠다고 결심해야 한다. 작든 크든 부정과 도둑은 반드시 잡힌다는 사실을 알아야 한다. 잡힐 때까지 하니까 그렇다. 단지 시간문제일 뿐이다.

잔꾀의 유혹을 처음부터 잘라내야 한다. 처음에 잘라내지 못하면 나중에는 습관이 되고 무디어지고 일상이 되어 결코 그 굴레에서 벗어나기 힘들어진다.

나도 그 유혹에 빠질 수 있다는 사실을 항상 명심해야 한다. 착한 사람이든 아니든 누구도 예외일 수 없다. 유혹에 빠질 수 있는 환경이 주어진다면 언제든 나도 잘못될 수 있다는 사실을 항상 생각해야 한다.

지금까지 그런 유혹에 빠지고 지내 왔으면 오늘 이 시간부터 과거를 깨끗하게 청산하고 새 출발하기로 결심해야 한다. 청산과 결단이 있어야 새로운 출발이 가능하다.

잔꾀는 변칙이다. 꼼수는 부정이다. 은밀한 범죄는 인생을 병들게 하는 독약이다. 사소한 거짓말은 인생을 망가뜨리는 바이러스다. 유비무환만이 정답이다.

○
●

모두에게 좋은 사람이 되려 하지 말라

《논어》의 자로 편에 나오는 이야기이다. 제자 자공이 공자에게 물었다.

"온 마을 사람들이 다 좋아하는 사람이 좋은 사람입니까?"

"아니다."

"온 마을 사람들이 다 싫어하는 사람이 좋은 사람입니까?"

"아니다."

"그렇다면 누가 좋은 사람입니까?"

공자가 이렇게 대답했다.

"착한 사람은 좋아하고 나쁜 사람은 싫어하는 사람이 좋은 사람이다."

착한 사람 중에는 간혹 인간관계에서 이상향을 가지고 있는 사람들이 있다. '나는 모든 사람이 다 좋아하는 사람이 되겠다.' 그래서 모든 사람과 좋은 관계를 맺으려고 노력한다. '모든 사람과 잘 지낸다.' 좋은 일인데 뭐가 문제일까? 이것은 그야말로 순진한 이야기다.

세월이 지나고 인생의 연륜이 쌓여가면 깨닫는다. 인간관계에서 좌절을 경험하고 심각한 아픔을 겪고 나면 그것이 얼마나 공허한 일인지 말이다. '모든 사람이 좋아한다'는 바람은 성인군자도 이룰 수 없다. 예수님도 적이 있고 석가모니, 공자도 안티가 있다. 안티가 있는 게 정상이다. 전 국민이 사랑하는 것 같은 김연아, 유재석도 안티가 있다.

그런데 왜 이런 불가능한 인간관계의 이상향을 품게 되는 걸까? 대인관계에 대한 욕심 때문이다. 모든 사람에게 사랑받고 싶고 누구와도 등지기 싫은 마음 때문이다. 모든 사람과 잘 지내고 싶고 누구와도 불편하게 지내기 싫어서이다. 그래서 사람들의 평판에 지나치게 신경 쓴다. 이런 욕심이 좋은 것 같아도 사실은 문제가 많이 발생한다. 우선 모든 사람과 좋게 지내려고 하다 보면 무리하게 양보를 해야 한다. 때로는 마음에도 없는 가식적 행동을 해야 한다.

싫으면 싫다, 좋으면 좋다고 해야 하는데 그런 말도 자유롭게 하지 못한다. 모든 것을 상대에게 맞추려다 보니 정작 나는 불편한 것이 한두 가지가 아니다. 이런 상태가 오래 지속되면 문제가 커진다. 상대는 그것을 당연스럽게 받아들이고 그러다 보면 결국 상대에게 얽매이게 된다. 그래서 심리적 부자유함을 겪다가 그로 인해 관계의 파국을 맞는 것이다.

작위적인 좋은 관계는 오래가지 못한다

나름 친하게 지냈던 지인이 있었다. 나는 성격상 사람들과 불편해지는 것이 싫어서 조금 양보하고 손해 보는 쪽을 택하는 편이다. 그 덕분에 적당한 선에서 친밀한 관계가 유지되고 있었다. 그런데 세월이 지날수록 그를 만나면 왠지 모르게 불편함을 느꼈다. 왜 그런지 생각했다. 늘 상대에게 맞춰주다 보니 내가 불편했던 것이다.

그러다 둘 사이에 이해관계가 발생하는 일이 생겼고, 그는 상식과 윤리를 벗어나 자기 이득을 위해 내 뒤통수를 쳤다. 나는 잠시나마 충격에 빠졌다. 이후 그와의 관계는 완전히 끝나고 말았다. 그런데 놀랍게도 내 마음이 너무나 편안해졌다. 지인과 관계 종료가 내게는 자유함을 주었던 것이다.

모든 사람과 좋은 관계를 맺으려는 이유는 무엇일까? 싫은 사람, 대적자를 갖기 싫어하기 때문이다. 그래서 모든 사람에게 잘해주려고 부단히 노력하는데 그러다보면 내가 겪게 되는 불편함, 부자유함은 이루 말할 수 없다. 그런 관계는 오래 지속될 수 없다. 그럴 바에는 차라리 미운 사람, 대적자를 인정하고 사는 편이 훨씬 낫다. 미움 받는 것을 두려워하지 말자. 혹시 대적자가 생겼다 해도 흔히 있는 일이라고 인정하고 그것 때문에 힘들어 하지 말자. 미운 사람, 대적자와 공존하는 법을 배워야 한다.

아리스토텔레스는 이렇게 말했다.

"모두의 친구는 누구의 친구도 아니다. 모든 사람을 사랑하는 것은 누구도 사랑하지 않는 것이다."

모든 여자를 사랑하면서 내 여자를 사랑할 수는 없다. 다른 여자를 다 거부해야 내 여자를 더욱 사랑할 수 있다. 모든 사람에게 좋은 사람이 되기를 포기해야 좋은 사람에게 더 좋은 사람이 될 수 있다.

현실적으로 모든 사람을 다 좋아할 수도 없다. 세상에는 악한 사람, 나쁜 사람이 분명히 있기 때문이다. 악한 사람까지 좋아할 수는 없지 않은가? 또한 세상 사람들의 성향은 천차만별이다. 나와 맞는 사람이 있고 맞지 않는 사람이 있다. 사람은 다양하고 우리는 그 다양성을 인정해야 한다. 그리고 그 사실을 불편하게 여길 필요도 없다. 좋아하는 사람을 더 좋아하기 위해 싫어하는 사람을 싫어하는 것은 자연스러운 일이다.

인간관계에는 균형이 필요하다. 인간관계는 시소게임과 같다. 한쪽이 일방적으로 무거우면 시소를 즐길 수 없다. 어느 한쪽만 희생하면 좋은 관계를 맺을 수 없다. 모든 사람에게 좋은 사람이 되려는 것은 처음부터 불균형의 시소게임을 자신이 허락하고 들어가는 셈이다.

사람은 모두 불완전하다. 완전한 인간관계 또한 있을 수 없다. 좋은 사람도 있고 싫은 사람도 있다. 불완전한 인간관계를 현실적으로 받아들이자. 그리고 그로 인해 생기는 불편은 기꺼이 감당할 각오를 하자. 불편만 있는 것이 아니라 뜻밖의 유익도 있으니 말이다.

자존감 높이기

"왜 나는 되는 일이 없을까요? 남들은 취직도 결혼도 잘하고, 인정받으며 잘 사는데 나는 왜 이럴까요? 할 줄 아는 것도 왜 없을까요? 남들은 좋은 집에 살면서 하고 싶은 것 다 하고 즐기는데 나는 언제나 그럴 수 있을까요?"

요즘 상담사나 정신과 의사들을 찾는 사람들이 주로 하는 질문이란다. 최근 경제 상황을 비롯한 모든 여건이 좋지 않아서인지 자존감 떨어진 사람들이 부쩍 많아진 듯하다.

2022년 3월 평생교육 전문기업 휴넷은 직장인 942명을 대상으로 인생 만족도에 대한 설문조사를 실시했다. 직장인들의 자존감 점수는 10점 만점에 평균 5.7점이 나왔다. 8점은 15.5%, 7점은 23.3%, 5점은 13.3%, 4점은 11.7%가 그 뒤를 이었다. 전체적으로 매우 낮은 수치이다.

요즘 사람들은 자존감이 많이 떨어져 있다. 그만큼 먹고살기 힘들어지고 시대 상황이 많이 변했기 때문이다. 특히 착한 사람들 중에는 자존감 낮은 사람들이 많다. 착하긴 한데 능력이 부족하고, 자기 성취가 약하고, 자기 만족감이 적은 사람들이다.

왜 착한 사람들이 자존감이 낮을까? 남을 너무 배려하다가 정작 자신을 단단하게 지키는 데 소홀했기 때문이다. 자존감 낮은 착한 사람들은 타인은 행복하게 해주는지는 몰라도 정작 자신의 삶은 행복하지 않다는 문제가 있다.

자존감(Self-esteem)은 자아존중감(自我尊重感)의 준말이다. 말 그대로 자신을 존중하고 사랑하는 마음이다. 다른 말로 하면 '자기 자신에 대한 자신의 평가'다. 스스로 자신을 높게 평가하면 자존감이 높고, 낮게 평가하면 자존감이 낮은 것이다.

자존감 높은 사람은 자신을 소중히 여길 줄 알며 다른 사람과도 긍정적이고 원만한 관계를 맺는다. 일할 때도 자신감 있고 주도적이어서 능력을 인정받는다. 자신을 세워가는 감정의 심지가 굳건해 외부의 어려움도 잘 극복하고 타인의 비난이나 공격에도 유연하게 대처할 수 있다. 특히 자기관리 능력이 뛰어나며 환경의 변화에 융통성 있게 대응하고, 외부 상황에 열린 마음을 갖고, 어떤 의견이든 수용할 자세를 가지고 있다. 무엇보다도 자존감 높은 사람은 자기 삶에 만족감이 크고, 행복을 누린다는 것이 큰 장점이다.

하지만 무조건 좋은 것만은 아니다. 자존감이 지나치면 우월감으로 변질되고 그로 인해 또 다른 형태의 감정적인 부작용을 초래

할 수 있다. 우월감 높은 사람은 자만심이 크기 때문에 남의 비판이나 평가를 잘 수용하지 못하고 부정적으로 받아들인다. 더 나아가서는 공격적 성향을 보인다.

열등감은 백해무익한 것이다

반면 자존감이 낮으면 매사에 자신감이 부족하고 소외감을 느낀다. 우울증, 불안, 분노, 열등감에 빠질 수 있다. 주도적으로 일을 처리하지 못하고 수동적으로 남에게 끌려다니는 느낌이다. 자기 자신의 존재 자체에 회의감을 갖게 된다. 일시적 고난을 영원히 지속되는 것으로 여기거나 잘 참지 못한다. 완벽주의적 성향이 강하고 우유부단하며 실수를 지나치게 두려워한다. 자신의 운명을 저주하면서 폭음이나 각종 중독에 빠지기도 한다. 다른 사람의 비판이나 공격에 과민하게 반응하고 쉽게 상처받는다. 사람에 대한 오해와 불신이 강하다. 남의 칭찬이나 위로도 그대로 받아들이지 못하고 부정한다. 한마디로 자존감이 낮으면 삶에 만족이 없고 불행하다. 그러니 반드시 자존감을 회복해야 한다.

나는 지금 단단한 자존감을 가지고 있다. 자존감 테스트에서 가장 높은 점수를 받는다. 이것이 독자에게 교만하게 보일까 조심스럽지만, 학창시절 내 자존감은 땅바닥을 기었다. 특히 대학 때 제일

심했다. 나는 지독한 열등감에 빠져 있었다. 기대나 욕심이 너무 컸던 것 같다.

당시 나는 노트에 열등감을 고민하는 글을 적고는 했다. 어느 날 내 옆에 있던 선배가 슬쩍 보더니 갑자기 노트를 낚아챘다. 그러더니 이렇게 말했다.

"너 열등감에 빠져 있구나, 바보냐? 열등감은 백해무익한 것이다. 앞으로 그런 짓 하지 마."

수십 년 지난 지금도 그 음성이 귀에 생생하다. 지금도 그 선배에게 감사한다. 아마 그는 내게 그런 말을 한 것조차도 잊었겠지만 그날 이후 나의 인생은 완전히 달라졌다. "열등감은 백해무익한 것이다." 이 말을 입에 달고 지내면서 열등감을 극복하기 위해 부단한 노력을 기울였다. 기회만 되면 어느 분야에서든 최고를 만나려 했다. 최고를 만나서 그가 어떤 사람인지 알고 싶었고 그들도 나와 다르지 않다는, 특별한 사람이 아니라는 사실을 확인하고 싶었다. 그러자 점차 열등감이 사라졌다. 이후 내 분야에서 어느 정도 성취를 이루니까 자존감이 급상승했다.

자기관리와 실력 향상이 최고의 방법

자존감을 높이는 몇 가지 방법을 소개하겠다. 이미 여기저기에서 많이 소개된 내용이지만 조금이나마 도움이 되길 바라며, 내가 직접 경험한 방법들 위주로 이야기하고자 한다.

자기관리에 성공하라. 자존감을 높이는 것은 자기관리에 달려있다. 쉽지 않지만 이는 능력도 아니고 머리도 아니며 실력도 아니다. 누구나 노력하면 가능하다. 목숨 걸고 자기관리를 하겠다고 결심하라. 자기관리가 깨지면 모든 자존감이 무너지지만 자기관리가 바로 되면 어떤 상황에서도 자존감은 즉시 세워진다.

최대한 실력을 쌓으려 노력하라. 최대한 노력했다는 것이 나의 자존감을 높인다. '누구보다 더 실력이 좋아졌다'가 아니다. 누가 어떻다는 것과는 상관이 없다. 내가 내 목표를 이루는 것이 성공이며, 나의 자존감을 충만케 한다.

열등감을 반드시 깨부수자. 내 편에서 먼저 사람 차별하지 말자. 사람을 차별하는 데서 열등감이 생긴다. 사람을 차별하는 나의 의식이 나를 더 잘난 사람과 비교해서 스스로 낮게 평가하는 것이다. 차별은 윤리적으로도 죄이고, 정신건강에도 최악이다. 사람은 다 똑같다. 모든 사람을 다 존중하고 소중히 여기자.

> "당신이 동의하지 않는 한 이 세상 누구도 당신이 열등하다고 느끼게 할 수 없다."
>
> – 엘리노어 루스벨트

하나하나 자기 성취를 이루어 가라. 어느 한 가지든 작든 크든, 대단하든 대단하지 않든 상관없다. 무슨 일이든 내 힘으로 목표를 이루는 습관을 갖자. 성취의 목표치가 작더라도 자기 성취를 하나하나 이루어가고 그것을 소중히 여기고 만족하는 습관을 가지라.

자족하고 남과 비교하지 말자. 욕심이 많아서 결국 자존감이 떨어지는 것은 자기 몫이다. 현재에 자족하는 습관을 배우라. 욕심을 많이 갖는 것은 교만이다. 작은 것에 만족할 줄 알면 자존감은 낮아지지 않는다. 남과 비교하지 말자. 항상 나보다 잘난 사람이 있고 못난 사람이 있다. 못하다고 불행한 것도 아니고 잘났다고 행복한 것도 아니다. 자기가 만족하다는데 누가 뭐라고 하겠는가? 세상 그 무엇도 자족하는 사람을 불행하게 만들 수 없다.

매일 운동하고 자기 전에 일기를 쓰라. '매일 실천 가능한 자존감 높이는 법' 설문조사에서 가장 많이 나온 항목이다. 4만 명을 대상으로 조사한 방법이니까 실천해보면 어떨까? 실천에 옮길 수만 있다면 세상이 많아 달라져 보일 것이다.

모리스 로젠버그(Morris Rosenberg, 메릴랜드대학교 사회학과 교수)의 자존감 테스트

1. 나는 내가 다른 사람들처럼 가치 있는 사람이라 생각한다. □

2. 나는 내가 좋은 능력들을 많이 갖췄다고 생각한다. ☐

3. 나는 대체로 내가 실패자 같다고 느끼는 경향이 있다. ☐

4. 나는 대부분의 다른 사람들이 하는 만큼 일을 잘할 수 있다. ☐

5. 나는 내가 자랑할 것이 많지 않다고 느낀다. ☐

6. 나는 나 자신에게 항상 긍정적 태도를 취한다. ☐

7. 대체로 나는 나 자신에 만족한다. ☐

8. 나는 나 자신을 좀 더 존중할 수 있기를 바란다. ☐

9. 나는 내가 쓸모없게 느껴진다. ☐

10. 나는 때로 내가 좋지 않은 사람이라 생각한다. ☐

응답자는 각 질문에 다음 중 하나로 대답한다.

A: 매우 동의, B: 동의, C: 비동의, D: 매우 비동의

질문 1~5 : A는 4점, B는 3점, C는 2점, D는 1점

질문 6~10 : A는 1점, B는 2점, C는 3점, D는 4점

30~40점 : 자존감이 높다.

26~29점 : 자존감을 약간 향상할 필요가 있다.

25점 이하 : 자존감이 낮다.

○
●

우유부단한 당신을 사양합니다

착한 사람들에 대한 비난은 여러 가지가 있다. 무능하다. 게으르다, 둔하다, 우유부단하다, 안일무사하다, 소심하다, 답답하다 등등. 그러나 거듭 말하지만 착하기 때문에 무능하고 우유부단하고 바보 같은 것이 아니다. 착한 것과는 상관없이 그 사람이 무능하고 우유부단하고 바보 같은 것이다. 착한 사람 중에는 유능하고 결단력 있고 똑똑한 사람들도 수없이 많다.

그런데 왜 그들이 그런 말을 듣는 걸까? 착하기는 하지만 착한 만큼 책임과 제몫을 다하지 못하기 때문이다. 착한 사람들은 착한 것을 특권이나 권리처럼 생각하면 안 된다. 착하기 때문에 다른 것을 조금 소홀히 해도 괜찮겠지, 착하니까 다른 면에서 편의를 봐주겠지, 이런 생각을 하면 안 된다. 오히려 그 반대다. 착하기 때문에 착한 만큼 다른 부분에서도 더 유능하고 부지런하고 더 열정적으로 일을 감당해야 한다.

무엇보다도 착한 사람들은 우유부단함을 극복해야 한다. 게으름과 부족한 결단력, 항상 미루는 습관을 고쳐야 한다. 우유부단하면 무기력해보이고 무능해보이고 남에게 신뢰감을 주지 못한다. 그래서 그런 일로 인해 주변 사람들이 상당히 힘들어진다. 그런 사람이 리더라면 그 조직은 갈피를 못 잡고 방황하게 된다. 하는 일이 없고 되는 일도 없을 것이다. 또한 우유부단하면 자존감도 떨어진다.

왜 사람이 우유부단하고 쉽게 결단하지 못할까? 결정한 후 맞닥뜨릴 사람들의 비난이나 비판이 두렵기 때문이다. 그것을 감당할 마음의 벽이 단단하지 못하기 때문이다. 그러나 비난이나 비판이 두려워 결정을 계속 미루면 어떻게 되겠는가? 시간이 지날수록 더 힘들어진다. 주변에서는 빨리 해결하라는 압력이 거세진다. 그러다 보면 자기 의사와는 상관없이 사람들의 성화에 떠밀려 피동적인 결정을 하게 된다.

나폴레옹 힐은 이렇게 말했다.

"당신이 다른 사람의 의견에 휘둘리게 된다면 당신의 소망은 사라지게 될 것이다."

나의 결정에 대해 다른 사람의 비난을 두려워할 필요는 없다. 비난하는 사람만 있는 것은 결코 아니다. 찬성하고 박수칠 사람도 얼마든지 있다는 사실을 기억하자.

또 하나는 실패에 대한 두려움 때문이다. 실패의 두려움은 반드시 극복해야 한다. 모든 성공은 실패의 토대 위에 세워진다. 실패

없이는 성공도 없다. 실패할 때마다 성공의 토대를 만들고 있다고 생각하라. 그렇다면 실패는 결코 두려워할 것이 아니라 성공으로 가는 필연적 과정이니 환영해야 하지 않겠는가?

다른 하나는 완벽주의 때문이다. 모든 일을 완벽하게 해야 한다는 생각이 자리 잡고 있어서 결단을 주저하고, 일을 쉽게 추진하지 못한다. 완벽주의는 비효율적이다. 70~80점을 목표로 추진할 생각을 해야 한다. 불완전한 가운데서 그냥 시작하는 것이다. 완벽하기를 기다리는 것보다도 당장 결단하고 시작하는 게 훨씬 더 중요하다.

결정을 쉽게 내리지 못하는 이유

어떤 사람이 병원에서 폐가 나쁘다는 말을 듣고 가족들에게 선언했다.

"나는 앞으로 절대 담배를 피우지 않겠다."

하지만 며칠 후 그는 담배를 피우고 싶어 미칠 것만 같았다. 결국 참지 못하고 '딱 한 대만 피워야지' 혼자 중얼거리고는 어두운 구석 모퉁이에서 담배를 피우다가 아내에게 들키고 말았다.

"며칠도 못 참고 또 담배를 피워요?"

핀잔을 주자 이렇게 대꾸했다.

"내가 언제 담배를 안 핀다고 했나? 앞으로 안 핀다고 했지." 그러면서 담배를 옆으로 피웠다고 한다.

결단력이 부족하면 이래저래 손해다. 비굴한 사람이 되고 자존감도 망가진다. 우유부단의 사촌은 게으름이다. 게으른 사람이 의외로 많다. 일하기 싫어서 집에서 놀고 있는 가장들도 간혹 본다. 정말 게으름 때문이라면 각성해야 한다. 게으름은 치명적이다. 게으름에 대한 평가는 매우 가혹하다.

> "게으름은 모든 악의 근원이요, 근본이다."
>
> -F. 베이컨
>
> "죄 가운데 가장 나쁜 죄는 게으름이다."
>
> -칼 바르트
>
> "게으름은 정신적 육체적으로 치명적인 영향을 끼치며, 악의 온상이며, 온갖 재난의 근원이며, 악마가 휴식하는 방석이자 베개이며 악마의 형제이다."
>
> -로버트 버튼

미루는 것도 일종의 게으름이다. 할 일을 늘 미루는 사람이 있다. 그러면 주변 사람들이 얼마나 힘들겠는가. 일이 터졌는데 그냥 숨어버리는 것도 게으름이다. 숨으면 일이 저절로 해결된다고 생각하는 걸까? 착각에 빠지지 말아야 한다. 미루면 미룰수록 눈덩이 커지듯 일은 더 커져 해결하기 어려워진다.

쉽게 결정을 내리지 못하는 사람을 위해 몇 가지 방법을 제시한다.

모든 일을 완벽하게 하려 하지 말라. 시작하는 것이 더 중요하다.

비판과 실패를 두려워 말라. 비판은 당연히 있는 것이고 동시에 찬사도 있음을 잊지 말자. 실패는 성공의 토대임을 기억하자.

결정이 쉽지 않은 사안이면 나름의 마지노선을 정해놓고 그것을 반드시 지키라.

복잡한 문제는 단순하게 풀려고 노력하라. 간단한 방법을 찾아보라.

생각을 너무 많이 하지 말고 어느 정도 선에서 멈추라. 그렇지 않으면 결정의 타이밍을 놓친다.

판단은 정확하게, 결정은 대범하고 신속하게 하라.

지금 하라.

세상에는 세 가지 금이 있다고 한다. '황금, 소금, 지금'이 그것이다. 모두 다 귀중한 금이다. 그런데 황금은 죽음 앞에서는 무가치하다. 소금은 황금으로 사면 된다. 가장 귀한 것은 '지금'이다. 지금은 '선물(present)'이라는 뜻이 있다. 선물 중에서도 최고의 선물이다. 그러니 지금 하면 최고다. 지금 안 하면 지금은 이미 지나가 버린다. '착한 사람, 당신을 사양합니다.' 사양하는 이유는 지금 하지 않기 때문이다.

○
●

나는 나답게 살아야

다윗과 골리앗의 이야기를 모르는 사람은 거의 없다. 골리앗의 키는 270cm, 전쟁에 능숙한 장수다. 다윗은 불과 17살 청년이다. 덩치도 평범했을 것이다. 전쟁 경험이 거의 없다. 야외에서 양을 치는 일개 목동에 불과했다. 옛날에는 양쪽 한 사람씩 나와 대결을 벌여서 승패를 결정하는 전투가 있었다. 이를 일대일 결투라고 하는데 이 맞대결에서 다윗이 예상 밖으로 골리앗을 꺾고 기적적인 승리를 거둔다.

성경에서는 하나님께 대한 다윗의 믿음이 승리를 가져왔다고 한다. 전술적 관점에서 분석을 해보자. 골리앗은 갑옷의 무게만 수십 킬로그램다. 방패를 들고 거대한 칼을 차고 있다. 그러나 다윗은 갑옷도 입지 않고 칼이나 방패도 없이 돌멩이 다섯 개만 가지고 나간다. 다만 다윗은 물맷돌의 명수이다. 둘이 싸우면 누가 이길까?

똑같이 칼을 갖고 가까이서 싸우면 분명 골리앗이 이긴다. 그러나 멀리 떨어져서 싸우면 다윗이 이길 가능성이 훨씬 높아진다. 아무리 대단한 칼잡이라도 상대가 멀리 떨어져 있으면 결코 이길 수 없다. 그러나 물맷돌을 가지고 싸우면 멀리 떨어져 있어야 더 유리하다. 다윗과 골리앗의 싸움에서 중요한 것은 이것이다. 골리앗의 방법으로 싸우느냐 아니면 다윗의 방법으로 싸우느냐? 그동안의 전쟁에서는 통상 골리앗의 방법으로 싸웠지만, 다윗은 자기만의 방법을 고집했다. 자기에게 맞는 복장, 자기에게 맞는 무기, 장소, 전술 등을 선택했다. 여기에 승리의 결정적 요인이 있다.

인생 승리는 자기에게 맞는 것을 갖고 싸울 때 얻는다. 자기의 장기, 자기의 복장, 기술, 방법 등등 자기다운 것을 가지고 싸우면 승리한다. 자기다운 것이 최상의 방법이고 최선의 능력이다.

착한 사람들은 남을 잘 배려하고, 만사에 순응적인 특징이 있다. 그러다 보니 남에게 맞춰주고 남을 따라 하는 데 익숙하다. 그러면 자기 것이 없어진다. 자기를 잃고 자기가 남이 된다. 내게 맞는 삶이 아니라 남에게 맞는 삶을 산다. 결국은 인생의 수많은 부작용을 경험하게 된다.

착한 사람뿐 아니라 수많은 사람들이 무작정 따라 하기에 익숙하다. 친구 따라 강남 가듯 다른 사람 따라서 무슨 일이든 하려 한다. 그래서 유행이 생겨나고 온갖 신드롬, 열풍이 일어난다. 따라 하기를 좋아하는 이유는 일단 편하기 때문이다. 소외되지 않으며 적어도 중간은 간다. 심지어 안전하다고 생각한다. 혼자 다르면 힘들게 느껴진다. 남 따라가는 이유는 편하게 살기 위해서이다. 남이 집을 사면 우르르 몰려가서 집을 사고, 남이 주식투자를 하면 또 집 팔고 빚내서 주식을 산다. 그러면 대부분 손실을 본다. 어쩌면 반대로 하는 게 훨씬 나을 수 있다.

남을 흉내 내면 내가 사라진다

자신을 가장 극대화하는 것은 남 따라가지 않고 나답게 사는 것이다. 내가 생긴 대로, 내가 만들어진 대로 사는 것이다. 남을 흉내 내지 않고 나의 길을 가는 것이다. 나답게 살아야 가장 편하다. 나답게 살아야 행복하고, 나답게 해야 가장 잘하고, 나답게 해야 능력을 최대로 발휘한다.

나는 정기적으로 나만의 시간을 갖는다. 그 시간이 너무 좋다. 나답게 살 수 있는 가장 좋은 기회이기 때문이다. 내가 나다울 수 있는 가장 절호의 시간이다. 내가 하고 싶은 것을 하고, 내가 가고 싶은 곳을 가고, 내가 먹고 싶은 것을 먹을 수 있다. 이것이 얼마나 좋은가! 나는 나로 살아가는 시간이 너무 신난다. 나대로 사는 것이 진정한 자유다.

"나다운 것이 가장 창의적이다." 웨인 다이어의 《모두에게 사랑받을 필요는 없다》에 나오는 말이다. 얼마나 감동적인가! 내게 생

수 같은 말이었다. 나다운 것이 때로는 엉뚱하고 기이할 수 있다. 남들은 그렇게 여길지 몰라도 진정 그것이 가장 독창적이고 창의적이라는 사실을 알아야 한다. "가장 한국적인 것이 가장 세계적"이라는 말도 같은 맥락이다. 가장 나다운 것이 가장 탁월하고 가장 뛰어난 것이다. 그래서 오스카 와일드는 이런 말을 했다.

"너 자신이 돼라. 다른 사람은 이미 있으니까."

나답게 사는 것은 어떻게 사는 것일까? 삶에 있어서 총체적으로 말, 행동, 생각, 옷차림, 표정, 웃음, 말투, 건강, 운동방법, 식성 등등 내 방식대로 사는 것이다. 내 방식대로 살면 '나'라는 사람의 역량이 최대로 발휘되고 나의 삶 속에서 진정한 자유함을 누리게 된다.

그러나 조심할 것이 있다. '내 방식대로 나답게 사는 것이 항상 옳은가?' 하는 점이다. '나답게 사는 것'과 '내가 고쳐야 할 것'을 구분해야 한다. '나답게 사는 것'으로 인해 남에게 불편을 끼쳐서는 안 된다. '나답게 사는 것'과 '남을 배려하는 것'의 조화를 이루어 가야 한다.

자기만의 속도로 인생을 살아가자

나답게 살려면 구체적으로 어떻게 하면 좋을까? 우선 나다운 것이 무엇인지 고민할 필요가 있다. 할 수 있으면 거기에 나를 맞춰 살도록 해야 한다. 가장 좋은 옷이 아니라 나에게 맞는 옷을 선택하자. 집도 직장도 사업도 내게 맞는 것이 무엇인지 가장 먼저 고려하는 습관을 갖는다. 내가 좋아하는 것, 내가 하고 싶은 것을 하자. 내가 나에게 선물도 주고, 나를 칭찬도 하자. 사람들이 좋아하는 것을 먼저 생각하지 말고 내가 좋아하는 것을 우선 생각하자. 나의 말투, 나의 표정, 나의 몸짓, 나의 행동이 아주 이상하지 않으면 그 개성을 살리자. 가면을 쓸 필요가 없다.

무엇보다도 세상 유행에 휩쓸리지 말고 항상 나만의 길을 가자. "나만의 길을 가는 사람은 어느 누구도 추월할 수 없다." 어느 책에서 본 내용이다. 혼자만의 시간은 나답게 할 수 있는 절호의 기회다. 남의 의견만 동조하지 말고 내 의견도 주장한다. 다른 사람이 엉뚱하다고 하는 말은 신경 쓰지 않는다. 중요한 것은 자기만의 속도로 인생을 사는 것이다. 내 속도가 아닌 다른 사람의 속도를 따라가려 하면 얼마나 스트레스가 되겠는가?

물이 위에서 아래로 흐르듯 나도 나답게 사는 것이 가장 자연스럽다. 물을 아래에서 위로 흐르게 할 수 없듯 나를 억지로 나 아닌 무엇으로 만들려 하지 말자. 나는 나다울 때 가장 아름답고 가장 행복하다.

○
●

센스 있는 사람

흔히 사람에 대해서 하는 말 중에 "센스가 있다, 센스가 없다"라는 표현이 있다. '센스(sense)'의 사전적 의미는 "어떤 사물이나 현상에 대한 감각이나 판단력"이다. 비슷한 말로는 '감각, 눈치, 생각' 등이 있다. 영영사전에는 더 상세히 나와 있다. 'to understand or be aware of (something) without being told about it or having evidence that it is true. 말하지 않아도 혹은 증거가 없어도 어떤 것에 대해 이해하고 아는 것'으로 생각할 수 있다.

일반 사람들이 착한 사람에 대해 가지는 이미지 하나가 착한 사람은 센스가 없다는 것이다. 최대한 좋게 해석하면 '순진하다. 세상에 물들지 않았다' 정도겠지만 결코 좋은 말로 사용되지는 않는다. 세상 물정 혹은 돌아가는 상황에 '둔하다, 무디다, 답답하다, 그래서 함께 일하기 힘들다.' 이런 의미이다.

물론 착한 사람이 다 그렇다는 것은 아니다. 오히려 착하면서도 센스가 뛰어나서 많은 사람들에게 호감을 사고 칭찬을 듣는 사람들도 얼마든지 있다. 착한 사람이 왜 센스가 없을까? 순진해서 그렇다. 세상 욕심이 적어서 그럴 수도 있다. 그러나 그것이 센스 없음을 합리화하진 못한다. 그리고 세상은 그런 것을 용납하고 이해해줄 만큼 여유롭게 돌아가지 않는다. 좋으면 좋고 싫으면 싫다. 이것이 현실이다. 그러므로 착한 사람은 순진하고 세상에 물들지 않으면서도 반드시 센스 있는 사람이 되어야 한다.

직장에서나 사회에서 센스는 무엇보다 중요한 요소이다. 어쩌면 실력이나 능력보다 더 우선적일 수 있다. 상사가 기분이 안 좋아서 침울하게 앉아 있다. 센스 있는 사람은 적절한 시간에 차라도 한 잔 타서 작은 쪽지와 함께 위로의 메시지를 전해준다. 별것 아닌 것 같지만 그것만으로 분위기가 확 달라질 수 있다. 반면 사무실의 무거운 분위기도 파악하지 못하고 제 자식 자랑이나 늘어놓는다면 정말 짜증날 것이다. 일을 아무리 잘해도 능력 평가가 반감될 것이 분명하다.

직장이나 사회에서 센스 있는 사람은 항상 칭찬을 듣고 어딜 가나 인기가 있다. 모든 사람이 다 좋아하고 신뢰한다. 그 한 사람으로 인해 주변 분위기가 확 달라지고 일의 능률이 급상승된다. 가장 천덕꾸러기 신세는 무딘 사람, 상황 파악을 못하고 둔한 사람이다. 자기가 어떻게 해야 하는지 처신을 분별하지 못한다. 그런 사람은 대개 이기적이고 남을 배려하지 않는다. 자기 일만 하면 그만이라고 생각한다. 센스 없는 사람이 되기 십상이다.

센스가 있다는 것은 그 집단과 호흡을 같이 한다는 뜻이다. 센스 있다는 것은 매너가 있다는 뜻이다. 센스 있다는 것은 분위기를 잘 파악한다는 뜻이다. 한 걸음 앞서서 모든 일을 처리한다는 뜻이다. 남에게 불편을 끼치지 않는다는 뜻이다. 그래서 눈치가 있다는 뜻이다.

센스 있는 사람은 어디에서나 인기가 있다

센스 있는 사람이 되려면 우선 자신은 어떤지 살펴야 한다. 센스 없는 사람의 특징 중 하나는, 자신이 센스 없다는 사실을 모르는 것이다. 그러면서 다른 사람을 센스가 없다고 탓한다. 반면 센스 있는 사람은 자기가 센스가 부족하다는 사실을 안다. 그러므로 자기가 센스가 있는지 없는지를 먼저 살필 줄 알아야 한다.

세상에 대해 알 것은 알아야 한다. 순진하고 순수한 것은 좋지만 사람과 세상의 속성을 모르면 안 된다. 세상과 사람이 무엇을 원하는지, 그들이 무엇을 목표로 삼는지를 파악할 줄 알아야 한다. 나의 위치는 어디이고 내 자리는 무엇을 의미하고 나는 어떻게 행동해야 하는지 발 빠르게 처신해야 한다. 그러기 위해서는 주변을 향한 안테나를 곧게 세우고 돌아가는 상황에 늘 예민하게 감지해야 한다.

무엇보다도 주변 사람에게 끊임없이 관심을 갖고 관찰하는 것이 중요하다. 끊임없이 관심을 갖고 관찰하다 보면 주변 사람들에 대해 알게 되고 그들의 입장, 좋아하는 것, 싫어하는 것, 도움이 되는 것 등을 이해하게 되고 그들을 존중하게 된다. 그러면 거기에서 자연히 센스 있는 나의 모습이 나온다. 그리고 다른 사람에 대한 배려심과 매너를 체득해야 한다.

센스 있는 사람은 타고나는 것일까? 그런 경우도 있을 것이다. 그러나 누구나 노력하고 연습하면 얼마든지 가능하다. 센스는 습관이 되어야 한다. 그러기 위해서는 장기적으로 매너와 배려를 몸에 익혀야 한다. 센스는 인격이다. 매너와 세심한 배려가 그의 인격을 만든다. 훌륭한 인격의 사람이 되기를 원하는가? 무엇보다 센스 있는 사람이 되기를 힘쓰라.

외출했다가 밤에 현관문을 열고 들어가면 센서(sensor)가 작동해서 어두웠던 집안에 불이 환하게 켜진다. 주변을 환하게 하는 사람, 그가 센스 있는 사람이다. 센스 있는 사람은 센서가 되면 된다.

6

BOOSTER 1

착한 사람 부스터 1

나쁜 사람들을 세련되게 대응하는 법

○
●

나쁜 사람 분별법

착한 사람들 중에는 정말 순진한 사람들이 있다. 그들은 다른 사람도 모두 자기처럼 착하다고 생각한다. 그래서 처음에는 사람들을 다 믿고 속을 다 내주고 모든 것을 아낌없이 희생하기도 한다. 그러나 얼마 지나지 않아 '이럴 수가 있을까? 이런 사람도 있는가' 충격을 받는다.

착한 사람들은 할 수만 있으면 빨리 이 세상 현실을 직시해야 한다. 성선설을 맹신하면 안 된다. 이 세상에는 분명히 악이 존재한다. 내 주변에도, 가정에도, 회사의 사무실에도 나쁜 사람, 못된 사람은 여전히 있다. 그런 사람들의 존재를 인정하고 적정하게 대응해야 한다.

그런데 누가 나쁜 사람이고 누가 좋은 사람인가? 누가 악한 사람이고 누가 선한 사람인가? 정확히 구별되면 좋겠는데 그게 매우 어렵다는 것이 문제다. 우선 판단하는 사람이 대단히 주관적이라는 사실을 이해해야 한다. 선하기만 한 사람도, 악하기만 한 사람도 없고 뒤섞여 있다는 사실도 알아야 한다. 수학문제 풀듯 선한 사람/악한 사람, 좋은 사람/못된 사람, 딱 잘라 구분할 수 없다. 악에 치우친 사람, 선에 가까운 사람, 중간에 위치한 사람 정도로 판단하는 것이 좀 더 정확할 것이다.

이 점을 고려하고 어떤 사람이 나쁜 사람인지 살펴보고 대응 방법을 알아보자.

성선설을 맹신해서는 안 된다

이중 잣대를 들이대는 사람을 조심해야 한다. 나에게는 잘해주는데 다른 사람에게는 함부로 대하는 사람, 어떤 특정 인물에게는 특별히 잘하고 그 밖의 사람들은 푸대접하는 사람은 멀리해야 한다. 약자에게는 강하고 강자에게는 약한 사람도 요주의 인물이다. 강자에게는 얻을 것이 있으니 가면을 쓰고 잘 보이려 한다. 그러나 힘없는 약자 앞에서는 그럴 필요가 없으니까 자기 본모습을 그대로 드러낸다.

모든 사람에게는 이런 속성이 있기 때문에 정도가 약하면 크게 문제되지는 않는다. 그러나 정도가 지나치다는 생각이 드는 사람과는 거리를 두어야 한다. 내가 어려워지면 매몰차게 나를 떠날 사람이다. 특히 약자를 대하는 모습을 보면 그 사람의 실체를 알 수 있다. 약자 앞에서의 모습이 그 사람의 실상이다. 언젠가는 나도 약자가 될 수 있다. 그때 그는 늑대가 되어 내게 다가올 수 있다는 사실을 기억하라.

강한 테이커(taker)는 단절해야 할 사람이다. 약한 테이커, 강한 테이커가 있다. 약한 테이커는 경계의 대상이지만 강한 테이커는 무조건 단절해야 한다. 그렇지 않으면 나도 언젠가는 그들의 먹이가 된다. 그들은 어떻게 해서든 다른 사람의 것을 착취하려고 애쓴다.

무자비한 탐욕을 품고 호시탐탐 선량한 사람들을 노리는 테이커들은 우리 주변에 널려 있다. 친구, 가족, 교육계, 공무원, 연예계 심지어는 종교계에도 많다. 특히 지도자들을 조심해야 한다. 그들은 교리 혹은 애국심, 또는 이념 등을 내세워 사욕을 채운다. 지도자를 볼 때는 그가 기버인지 테이커인지 혹은 매처인지 반드시 살펴야 한다.

말을 할 때 '나' '내가' '나는' 등등 지나치게 나를 내세운다면 테이커일 가능성이 높다. 반면 '우리'를 많이 강조하는 사람은 기버일 가능성이 높다. 기버는 무조건 가까이하는 것이 유익하며, 매처는 같은 매처로 대하면 무난하다. 어떤 자리에서든지 항상 약삭빠르게 자기 것만 챙기는 사람은 거의 테이커다. 그런 사람을 가까이할 필요는 없다.

지나치게 친절한 사람은 반드시 조심해야 한다. 적당한 친절은 문제되지 않는다. 자연스러움을 벗어나 도가 넘게 친절한 것을 뜻한다. 지나치게 친절한 사람치고 좋은 사람을 본 적이 없다. 뭔가 꿍꿍이가 있다. 앞으로 무언가 이득을 취할 수 있다고 여겨서 그날을 준비하는 것이다. 지나치게 친절한 사람은 테이커일 가능성이 매우 높다. 이런 사람은 자기에게 필요 없다고 생각하면 냉정하게 버린다. 자기 이득을 위해서는 자존심이든 체면이든 인격이든 개의치 않고 무엇이든 할 사람이다.

한 번이라도 배신한 사람은 일단 조심해야 한다. 그런 사람은 언제든 또 배신할 수 있기 때문이다. 뒤통수를 치고 큰 손해를 입힌 사람은 무조건 끊어내야 한다. 남의 입장을 전혀 고려하지 않는 사람이다. '저 사람은 배신해도 괜찮아' 생각하고 나를 무시하는 사람이다. 배신하는 이유는 있겠지만, 배신을 싫어하고 혐오하는 사람은 그런 일을 저지르지 않는다. 자기의 이익보다 상대와의 신뢰를 더 중요하게 여기기 때문이다.

말을 너무 매끄럽게 잘하는 사람은 주의하라. 진실하면서 말을 잘하는 사람이 있고 거짓되면서 말을 잘하는 사람이 있다. 말을 너무 매끄럽게 하는 사람은 그 말솜씨를 통해 다른 사람으로부터 쉽게 이익을 누린 경험이 있어서 그 재미를 알고 있다. 말만 잘해도 사람들을 조종할 수 있다는 것도 안다. 지도자든, 일반 사람이든 일단 말 잘하는 사람은 조심할 필요가 있다.

지나치게 친절하고 말이 청산유수인 사람은 사기꾼일 가능성이

농후하다. 종교인이라면 종교적 사기를 치고, 정치인이라면 거짓말을 밥 먹듯 하고, 사업가라면 사업상 사기를 칠 가능성이 있고, 학자라면 거짓 연구서를 만들 가능성이 있다고 봐야 한다.

받은 은혜를 값싸게 여기는 사람은 멀리해야 한다. 누가 그런 사람인지는 먼저 그에게 은혜부터 베풀어보고 반응을 관찰하면 안다. 은혜는 신뢰에 대한 시험대다. 자신에게 잘해주는 사람을 푸대접하는 사람에게 무엇을 기대할 수 있겠는가?

말을 보면 사람을 알 수 있다. 말은 그 사람 자체이고 인격이다. 말이 거친 사람은 경계해야 한다. 욕을 일삼고, 부정적이고, 비판적인 말만 하고, 남을 헐뜯는 사람은 부정적 에너지를 전염시키니 멀리해야 한다. 말에 매너가 없는 사람도 거리를 두어야 한다.

유유상종이라고 했다. 나쁜 사람, 질이 안 좋은 사람들과 주로 어울리는 사람은 가까이하지 않는 것이 좋다. 어울린다는 것은 좋아한다는 뜻이며, 좋아한다는 것은 자신도 그렇게 되기를 바란다는 뜻이다. 반대로 친구들이 다 좋은 사람이라면 그는 좋은 사람일 가능성이 높다.

착한 사람 체크리스트에서 Y가 많이 나온 사람은 테이커일 가능성이 높다. 2장에서 〈착한 사람 체크리스트〉를 해보았을 것이다. 나를 체크하는 것이 아니라 내가 알아보고자 하는 상대를 상상하면서 내 입장에서 그를 체크해보라. Y가 많이 나온 사람이라면 결코 좋은 사람이 아니니 가까이하지 않는 것이 좋다.

교만하고 자기 과시를 잘하고 허영이 강한 사람은 멀리해야 한다. 약속을 잘 어기고 시간을 잘 지키지 않는 사람도 신뢰하기 힘들다. 자기가 필요할 때는 줄기차게 연락하고 자기가 필요 없을 때는 전화를 받지 않는 사람은 요주의 인물이다. 상황과 장소, 어떤 관계인지 고려해야 하지만 자기 이권만 생각하는 사람일 가능성이 높다. 겉과 속이 다른 사람, 표리부동한 사람, 이중인격자는 조심해야 한다. 이해관계가 걸리면 얼마든지 변신할 수 있다.

최선이 아닌 차선을 택해야 할 때도 있다

지금까지 나쁜 사람 분별법에 대해 여러 가지를 제시했다. 중요한 사실은 수학 공식처럼 사람을 칼로 무 자르듯 구분할 수 없다는 것이다. 그러니 앞의 내용은 참고 자료로만 삼기 바란다. 지금까지 언급한 내용을 보면 이런 볼멘소리를 할 사람도 있을 것이다.

"그렇다면 대체 누구와 사귐을 가지라는 말인가?"

여기서는 나쁜 사람을 중심으로 언급했기 때문에 나쁜 사람이 많다고 여겨질 뿐, 우리 주변에는 착하고 좋은 사람이 더 많다. 그리고 나쁜 사람들조차도 아주 단절할 사람이 아니고는 어느 정도 교제하면서 살아야 한다는 것을 잊으면 안 된다.

문제는, 반드시 단절해야 할 사람인데 그럴 수 없는 관계 혹은 단절할 수 없는 자리에 있는 경우이다. 가족이라든지, 그만둘 수 없는 직장의 동료나 상사 등이 그렇다. 이는 본인이 해결해야 할 몫이다. 안고 가든지 아니면 접촉을 최소화할 방법을 고민하고 찾아내야 한다.

또 한 가지 의문을 제기할 수 있다. 종교적 신념이 강한 사람들은 "원수도 사랑해야 하고, 나쁜 사람도 품어주어야 하는 대상이 아닌가?"라는 물음을 갖는다. 이것은 참으로 훌륭한 자세이다. 모든 사람이 그럴 수만 있다면 그보다 좋을 수 없다. 그들을 통해서 세상은 감동받고 변화될 수 있기 때문이다. 그러나 대부분은 그렇게 살 수 없다. 우리는 일단 평범하다는 사실을 인정해야 한다. 약점도 많고 한계도 있고 허물도 많은 보통사람이다. 그래서 최선이 아닌 차선의 길을 가는 것이다.

○
●

가까운 사람에게 배신당하지 않으려면

유대인의 교육법에는 이런 것이 있다. 어린 자녀가 점차 자아의식이 형성될 즈음에 아이와 신나게 놀던 아빠가 어느 순간 갑자기 아이를 냉정하게 뿌리치고 홱 돌아선다. 아이는 처음 당하는 심리적 충격에서 쉽게 벗어나지 못한다. 그러면서 인간 사이에는 까닭 없는 배신이 있고, 사람은 변화무쌍한 존재라는 사실을 배운다. 어린 아이가 이러한 배신과 절망을 딛고 다시 사랑하는 아빠 품으로 가려 하면 아빠는 다시 한 번 아이를 호되게 밀쳐낸다. 아이가 또 한 번의 충격을 받고 힘들어할 때 아빠는 아이를 안고 이렇게 말한다.

"얘야, 사람을 믿어서는 안 된다. 심지어는 아빠도 너를 배신할 수 있다는 사실을 명심하거라."

그러면서 오직 믿을 수 있는 대상은 그들의 신밖에 없다는 것을 가르친다. 아빠도 믿어서는 안 된다는 교육이 과연 좋은 교육인지는 모르겠다. 그러나 인간은 누구나 믿을 수 없고 배신할 수 있다는 사실을 배우는 것은 중요하다.

착한 사람들의 약점 중 하나는 남에게 잘 배신당한다는 것이다. 물론 모든 사람이 서로에게 배신을 당하고 또 배신한다. 그런데 유독 착한 사람들이 배신을 잘 당하는 이유는, 배신해도 보복할 가능성이 낮다고 생각되기 때문이다. 보통사람들이 선뜻 배신하지 못하는 이유는 배신했을 때 오는 후유증이 배신해서 얻은 이득보다 크다고 생각하기 때문이다. 그런데 착한 사람은 보복을 잘 하지 않으니 뒤탈이 없다고 여겨진다. 상대는 그것을 잘 알기에 자기 이득을 위해 쉽게 배신한다.

언젠가 나는 가까운 지인이 고위 직책을 맡아 일할 수 있도록 최선을 다해 도왔다. 그런데 이후에 작은 이해관계가 얽히니까 그는 그 직책을 이용해 내 뒤통수를 쳤다. 당시에는 그 충격에서 벗어날 수 없었다. 그러면서 그가 왜 내게 그랬을까 곰곰이 생각했다. '내가 아닌 다른 사람이었어도 그랬을까?' 나 대신 다른 사람의 이름을 대입해보았다. 다른 사람이었다면 결코 그러지 않았으리라는 생각이 들었다.

그가 나를 배신한 이유는 내가 결코 해코지를 하지 않으리라고 여겨졌기 때문이다. 정말로 나는 그에게 어떤 보복도 해코지도 하지 않았다. 그럴 마음도 갖지 않았다. 그러면서 한동안 씁쓸함은 지울 수 없었다.

착한 사람들이 배신을 잘 당하는 이유는 쉬워 보이기 때문이다.

혹시 약간의 문제가 일어난다 해도 얼마든지 감당할 수 있다고 판단하는 것이다. 그러니까 기회만 있으면 착한 사람을 이용해먹으려는 사람들이 수도 없이 많다. 그렇다고 배신하고 배신당하는 것을 당연하게 여길 수는 없다. 배신하지 말아야 하고 배신당하지도 말아야 한다.

누구나 뒤통수를 칠 수 있다

모든 사람에게는 배신의 속성이 있음을 알고 조심해야 한다. 사람을 너무 좋게만 보지 말라. 그렇다고 나쁘게만 보지도 말라. 나쁜 사람도 있고 좋은 사람도 있다. 일단 사람을 조심해야 한다는 말이다. 흔히 "그는 절대 안 그럴 줄 알았는데, 충격 받았다"라고 말한다. 이제부터는 충격 받지 말자.

사람들이 왜 배신하는지 아는가? 나에게서 이제 더 이상 얻을 것이 없기 때문이다. 배신은 대개 이해관계 때문에 생긴다. 배신할 때 얻는 이득과 배신 안 할 때 돌아오는 것을 비교해서 배신의 이득이 더 크다고 여겨지면 가차 없이 배신한다. 물론 어려울 때도 끝까지 떠나가지 않고 지켜주는 사람이 있다. 진짜 좋은 사람이다. 그러나 대개는 이해관계에 따라서 움직인다. 이러한 세상의 속성을 빨리 이해하고 습득해야 한다.

배신하는 또 다른 이유는 받은 은혜를 헐값으로 여기려는 악한 속성 때문이다. 그래서 그 은혜를 고마워하기보다는 그 은혜가 자기를 속박한다고 생각하고 거기서 벗어나려 한다. 벗어나는 방법 중 하나가 배신하는 것이다. 그때 배신자가 꼭 하는 일이 있다. 이러한 이유로 배신할 수밖에 없었다는 자기 논리를 반드시 첨부한다. 겉보기에는 그럴 듯하지만 사실은 사악한 것이다. 우리는 그런 사람을 배은망덕하다고 한다. 그러니까 내가 특별히 잘해준 사람을 조심해야 한다.

앞에서 나쁜 사람으로 판단된 사람을 가까이하지 말라고 조언했다. 나쁜 사람으로 여기지는 사람은 배신할 가능성이 높다. 나쁜 사람은 한 가지만 나쁜 것이 아니라 모든 면에서 나쁘다. 특히 테이커는 배신할 가능성이 아주 높다. 매처도 조심해야 한다. 기버는 안전하다고 여겨도 무방하다. 기회주의자, 이중인격자는 배신할 가능성이 높다. 매끄럽게 말만 잘하는 자, 자기 과시를 잘하는 자, 지나치게 이해타산에 밝은 사람, 욕심과 허영심이 많은 사람, 간교하고 지나치게 친절한 사람, 남을 헐뜯고 매사에 비판적인 사람은 배신할 가능성이 높은 사람들이니 미리 거리를 둘 필요가 있다.

사람에게 기대감을 갖지 말고 베풀 때는 조건 없이 베풀라. 사람에게 실망하는 이유는 많이 기대하기 때문이다. 많이 베풀수록 많이 기대하게 된다. 그러니 적당히 베풀라. 기대하지 말고 조건 없이 그냥 베풀라. 기대하지 않으면 배신과는 상관없어진다. 사람은 기대할 대상이 아니다. 누구든 언제든 배신자가 될 수 있다는 사실을 항상 염두에 두어야 한다.

한 번이라도 배신당한 적이 있다면 깊이 반성하라. 왜 배신당했는지, 혹시 내게 무슨 잘못은 없는지 곰곰이 살펴보아야 한다. 그러면 분명히 그럴 만한 이유가 있음을 알게 된다. 알면 곧바로 대비해야 한다. 대비하지 않으면 또 당한다. 엘리노어의 말을 마음속에 담아두라. "누가 당신을 한 번 배신했다면 그 사람 탓이고 두 번 배신했다면 당신 탓이다."

다른 사람에게 작은 일이라도 서운하게 하지 말아야 한다. 당신이 배신할 꼬투리를 제공하면 그 핑계를 대고 언제든지 떳떳하게 배신할 것이다. 배신하는 사람은 그냥 배신하지 않는다. 자기 나름의 논리와 타당한 이유를 내세운다. 어쨌든 배신할 꼬투리를 제공하지 않는 것이 좋다.

나도 남을 배신하지 말아야 한다. 내가 남을 배신하면 남이 또 나를 배신하게 된다. 배신의 연쇄 작용이 일어난다. 배신의 빌미를 주지 말아야 하고, 배신자라는 낙인이 찍히지 말아야 한다. 배신자라는 사실이 알려지면 상대는 마음 놓고 나를 배신한다. 배신당하지 않으려면 먼저 나부터 배신하지 말아야 한다.

"오늘 배신하는 자 내일은 배신당한다."

– 무명씨

"당신이 누군가를 배반한다면, 당신은 또한 당신 자신을 배반하는 셈이다."

– 싱거

○
●

품격 있게 거절하는 법

우리는 어렸을 때부터 "남에게 잘해야 한다", "다른 사람의 마음을 상하게 하면 안 된다", "가능한 내가 양보하고 남에게 폐를 끼쳐서는 안 된다"고 교육받았다. 그래서인지 다른 사람의 요청을 거절하기를 어려워한다. 거절하면 마치 나쁜 사람이 되는 것 같고, 사회의 미덕을 실천하지 못하는 사람 같아서 웬만한 부탁은 들어주려 노력한다.

언젠가 한 교수의 강의를 듣는데, 자신의 특기는 거절을 못하는 것이라며 자랑삼아 이야기했다. 거절하지 못하는 것이 자랑일 수 있을까? 아마 거절하지 못해서 감수해야만 했던 심각한 고통과 부당한 손해를 경험하기 전까지는 그럴 수 있겠다. 그러나 그런 경험 후에는 분명 생각이 달라질 것이다.

보통사람들도 이런데 착한 사람들은 어떻겠는가? 대부분의 착한 사람들은 거절하기를 꽤 힘들어한다. 거절하지 못할 때 생기는 부작용과 문제점을 알면서도 막상 실제 상황에 부딪히면 또 거절하지 못하고 승낙하는 경우가 다반사다. 나는 착한 사람들의 중요한 인생 과제 중 하나는 거절을 훈련하는 것이라고 생각한다

거절하지 못하는 진짜 이유는 타인의 비난이 두려워서이다. 거절했을 때 맞닥뜨리는 불편한 상황들이 상상되면서 거절할 용기를 잃는다. "그래, 내가 좀 힘들면 되지…" 하고 안일하게 생각하면서 당장 힘든 상황을 회피하고 상대의 요구를 허락해 버린다. 그런 일이 반복되면 아예 거절할 능력을 상실하는 경우도 생기고 자존감, 자신감은 최악의 상황에 이르게 된다. 거절하지 못할 때 오는 가장 큰 문제는 자기 존재감의 상실이다. 인간은 자기 존재감이 확실하게 드러날 때 행복과 만족을 느낀다. 그런데 거절하지 못하면 내 삶이 남에게 끌려다니는 느낌을 받는다. 그로 인한 스트레스와 시간 낭비, 자책감 등등이 밀려온다. 더욱 심각한 문제는 상대의 요구를 들어줘도 그가 고맙게 여기고 나를 소중한 존재로 인정해주기는커녕 오히려 쉬운 사람, 만만한 사람, 심지어는 호구로 하찮게 여기는 것이다.

한 젊은 직장인이 있었다. 워낙 착해서 남이 무슨 요구를 해도 거의 다 들어주는 사람이었다. 그런데 이런 상황이 지속되자 삶이 견디기 어려울 만큼 힘들어졌고 결국 한계점에 도달하게 되었다. 그래서 이제 용기를 내어 상대의 요구를 거절하기로 했다. 그러자 놀라운 일이 벌어졌다. 그들이 평소보다 자기에게 더 잘하는 것이

다. 한 번 거절하니 다음부터는 거절도 훨씬 쉽게 할 수 있었다. 그제야 비로소 제대로 된 삶의 페이스를 찾았고, 업무 능률도 향상되었으며, 자기 주도적인 인생을 살게 되어 생활의 만족감이 급상승했다.

'아니오'라고 해야 할 때 '아니오' 하라

우리는 모두 거절할 권리가 있다. 상대도 내 요구를 거절할 수 있고, 나도 상대의 요청을 거부할 수 있다. 서로 거절을 수용함으로써 서로를 존중하는 것이다. 상대의 거절을 기꺼이 담담하게 받아들이는 것이 상대를 진정 존중하는 행위이다.

거절은 결코 이기적 행동이 아니다. 거절은 남을 배려하지 못하고 자기밖에 모르는 행동이라고 오해하는 것이 문제이다. 마하트마 간디는 이렇게 말했다.

"확신 있는 거절은 상대를 일시적으로 기쁘게 하려고, 혹은 문제를 회피하려고 마지못해서 하는 승낙보다 훨씬 더 낫다."

거절한다고 나쁜 사람이 되는 것은 아니다. 우리는 모두 부탁할 권리도 있고 거절할 권리도 있다. 그리고 거절을 수용할 의무도 있다. 거절은 인간관계를 망치지 않는다. 오히려 제대로 거절하지 못하면 인간관계의 균형이 쉽게 깨져버리고 만다. 제대로 된 거절은 인간관계를 더욱 건강하게 만든다.

거절하지 못하면 내 인생이 남에게 끌려가게 된다. 내 시간이 타인의 시간이 된다. 내 일을 내가 주도적으로 하지 못하게 되어 좋은 결과를 기대하기 어렵다. 자책감이 들어 스트레스가 쌓인다. 자존감이 무너진다. 안 해도 될 고생을 한다. 시간과 에너지를 낭비한다. 상대는 계속 더 부탁과 요청을 해온다. 상대가 나를 우습게 가볍게 여기고 함부로 대한다. 이처럼 거절하지 못해 발생하는 폐해는 엄청나다. 그러므로 반드시 거절의 문제를 해결해야 한다. 품격 있게 거절하려면 어떻게 해야 할까?

정중하되 단호하라

상대를 존중하며 상대의 부탁을 경청한다. 잘 들어야 나중에 거절해도 오해를 사지 않는다. 거절해야 한다는 생각이 앞서서 상대가 이야기를 끝내기도 전에 거절을 표시한다면 무조건 거절부터 한다는 선입견을 주게 되니 이야기를 충분히 듣고 판단해야 한다. 물론 100% 다 들어줄 필요는 없다. 너무 깊이 들어주다가는 거절이 어려워질 상황에 이를 수도 있기 때문이다. 들을 만큼 충분히 듣고 어느 정도의 선에서 의사표현을 하는 것이 좋다.

조건과 상황이 맞아서 들어줄 수 있는 부탁은 기꺼이 들어준다.

거절은 필요할 때 하는 것이지, 능력이 되고 시간이 되고 환경이 된다면 기쁘게 요구를 들어주라. 그것은 매우 훌륭한 미덕이고 관계를 좋게 만들어간다. 서로 돕고 사는 것이 인간 삶의 행복 아닌가.

도저히 들어줄 수 없는 부탁이라고 판단되면 망설일 필요 없다. 명확한 이유와 함께 "도와줄 수 없습니다"라고 분명하게 거절해야 한다. 상대가 기분 상하지 않게 하는 것은 기본이다. "들어줄 수 없어 미안합니다", "나도 그렇게 해주고 싶지만 시간이 안 됩니다" 등의 말을 덧붙인다. 명확한 거절 이유를 말하는 것이 중요하다. 무조건 안 된다고 하면 상대는 기분 나쁠 것이다. "이번 주까지 이 일을 꼭 마쳐야 해서요. 우리 회사의 운명이 걸려있는 중요한 일이거든요" 등으로 구체적으로 이유를 밝히면 신빙성 있고 상대도 쉽게 수긍한다.

부당하거나 무례한 일을 요구한다면 냉정하고 단호하게 거절해야 한다. 고민할 필요도 없다. 부정직한 방법으로 일을 하자고 요구한다거나, 상식 밖의 금액을 빌려달라고 한다면 처음부터 단호하게 거절해야 한다. 그 사람과의 관계가 끊어지는 한이 있더라도 오히려 나중을 위해서도 좋다.

거절하는데도 계속 요구하면 어떻게 해야 할까? 몇 번 더 거절하다가 "그럼 한번 생각해보지요. 하지만 기대는 하지 마세요"라고 일단 마무리 짓는다. 그리고 다음에 "아무리 생각해도 안 되겠습니다"라고 다시금 거절하면 된다. 상대의 거듭된 요청 때문에 거절해야 할 일을 어쩔 수 없이 수락하면 나중에 뒷감당하기 어렵다. 반복해서 거절했는데도 끈질기게 요구하는 사람들이 있다. 이때도 화를 내지 말고 똑같이 반복적으로 거절하면 된다. "미안합니다. 저도 어쩔 수가 없습니다. 죄송합니다. 죄송합니다. 안 되겠습니다" 이런 말만 반복하면 된다.

거절하기 위해 거짓말하지 말라

들어줄 일인지 거절할 일이지 판단이 잘 서지 않는 경우라면 고민할 시간을 갖겠다고 일단 미루라. 하루 이틀 후에 연락을 주겠다고 하고 약속대로 연락해야 한다. 대개 이틀 정도 생각하면 어떻게 해야 할는지 냉정하게 판단할 수 있다. 그 판단에 따라 용기를 가지고 거절해야 한다.

거절하기 어려울 때는 대안을 제시한다. "이것은 못해주지만 다른 것은 해주겠다, 이번은 안 되지만 다음번에는 할 수 있겠다…." 그러나 다음번을 함부로 사용하면 안 된다. 자기가 한 말에 책임을 져야 하기 때문이다. 정말 다음에는 들어줄 각오를 하고 말을 꺼내야 한다.

거절하기 어려운 선배, 스승, 상사 혹은 중요 직책에 있는 사람의 부탁도 마찬가지다. 물론 그 사람과의 관계나 일의 경중에 따라 신중하게 생각하고 판단해야 할 것이다. 그러나 거절해야 할 사안이라고 판단되면 그 이유를 분명히 전달하고 거절해야 한다. 즉시 판단이 어려우면 하루 이틀 연기하고 나중에 답을 주면 된다. 존경할 만한 좋은 사람이라면 나의 거절을 결코 나쁘게 생각하지 않을 것이다.

특별한 이유는 없는데 마음이 내키지 않거나 그 일이 즐겁지 않아서 거절하고 싶다면 어떻게 해야 할까? 사실대로 '싫다'고 할 수도 없고, 그렇다고 거짓 핑계를 만들 수도 없다. 이럴 때는 이 정도로 말하면 어떨까? "지금은 제가 마음의 준비가 안 되어 있습니다", "그 일은 나와 맞지 않는 것 같습니다", "저 대신 다른 사람을 추천해드리면 어떻겠습니까?" 혹은 "나중에 다른 일로 제가 도울 수 있으면 도와드리겠습니다"라고 말한다. 상당히 어려운 상황이어서 나름의 지혜를 짜내야 한다.

거절할 때 사람들이 가장 많이 저지르는 잘못은, 적당한 이유를 둘러대기 위해 거짓말을 하거나 거짓 핑계를 대는 것이다. 당장은 임기응변으로 넘어갈 수 있지만 거짓말한다는 죄책감을 느끼게 되고, 상대는 나의 진정성을 의심하게 된다. 나중에 거짓이라는 사실이 밝혀지면 신뢰를 잃게 된다. 상대를 존중하면서 거절하는 가장 좋은 방법은 이유를 솔직하게 말하고 거절하는 것이다.

자신만의 '거절 목록'을 만들라

제대로 거절하려면 평소에 거절하는 연습을 해야 한다. 거절하는 말 표현도 미리 생각하고 실습해본다. 사소한 것부터 거절하는 연습을 하고 나서 중요한 일을 거절하는 능력을 기른다. 거절은 나의 생존과 관계 있다는 사실을 인지하고 거절해야 할 사안은 반드시 거절하는 용기를 가져야 한다.

나도 처음에는 거절을 잘하지 못해 삶에서 이루어야 할 많은 것들을 놓치고 말았다. 이렇게 살다가는 인생을 헛되게 낭비할 것 같아 '죽기 살기로' 거절을 시작했다. 그러자 내 삶을 올바른 궤도에 올려놓게 되었고, 이후로 성과를 이루는 계기도 마련할 수 있었다.

제대로 거절하기 위한 아주 좋은 방법이 있다. 〈거절 목록〉을 만드는 것이다. '이런 일은 반드시 거절한다'라는 자신만의 거절 목록을 만드는 것이다. 예를 들면 이렇다.

- 큰돈을 빌려달라
- 보증을 서달라
- 휴일에 놀러가자(가족과 함께 보내야 하는데)
- 월요일에 술 마시자

이런 요구는 반드시 거절한다는 나만의 목록을 만드는 것이다.

거절하고 미안해할 필요는 없다. 상대도 나의 부탁을 거절할 수 있고, 나도 상대의 부탁을 거절할 수 있다. 거절을 받아주는 것은 상대를 존중해주는 행위이다. 상대의 거절을 불쾌하게 여기는 사람과 진실한 관계를 맺을 수 있을까?

그러나 거절이 능사는 아니다. 사람의 행복은 서로 돕고 살 때 더욱 커진다. 인간의 삶은 거절과 승낙을 통해 성숙하고 아름다워진다. 거절과 승낙은 인간관계의 날줄과 씨줄이다. 이 날줄과 씨줄로 인간관계는 더 우아하고 견고하고 유익하게 짜여져 간다.

> "마음을 자극하는 단 하나의 사랑의 명약, 그것은 진심에서 오는 배려다."
>
> – 메난드로스

○
●

일방적으로 잘해주지 말라

착한 사람들이 쉽게 빠지는 쉬운 함정이 있다. 상대에게 일방적으로 잘해주는 것이다. 상대에게 잘하면 그 역시 내게 잘할 거라고 생각한다. 그런 세상이라면 얼마나 단순하고 아름다울까! 그러나 이는 커다란 착각이다. 수많은 사람들은 대부분 자신에게 잘하는 사람에게 잘하지 않고, 오히려 못해주는 사람에게 잘해준다. 잘해주고 싶어도 그러면 안 되는 세상, 베풀고 싶어도 베풀 수 없는 현실, 여기에 갈등이 있다. "사랑하기도 어렵다"는 말이 그래서 나온다.

물론 그렇지 않은 경우도 많다. 특별히 배려하고 희생하고 베푸는 사람에게 늘 고마워하고 잘하려는 사람들도 있다. 이런 사람을 만나면 한없이 베풀고 싶다. 남에게 베푸는 기쁨이 얼마나 크고 대단한지 아는가! 남이 나로 인해서 좋아하는 모습을 보는 기쁨은 엄청난 희열이다. 그래서 아무리 잘해주어도 뒤탈이 없는 관계라면 우리는 끝없이 잘해주고 싶어 하는 것이다.

그런데 사람들은 왜 잘해주는 사람에게 잘하지 않을까? 그 이유는 상대에게도, 내게도 있을 수 있다. 정말 순수한 마음으로 상대에게 잘해주는 사람이 있다. 사람을 소중히 여기고 기쁨과 행복을 선사하고 싶기 때문이다. 그런데 많은 사람들은 호의를 순수하게 받아들이지 못하고 자기가 잘나서, 훌륭해서 그런 대우를 받는다고 착각한다. 그러면서 오만하고 거만해져 심지어는 호의를 베푼 사람을 무시하고 함부로 대하기도 한다.

나는 이런 경우를 여러 번 겪었던 터라 사람에게 잘해주려다가도 멈칫할 때가 있다. 과연 잘해줘도 될까 아닐까, 잘해주면 오히려 관계나 일을 망치겠다는 생각이 들어 적당한 선에서 그냥 넘어간 적도 많았음을 인정하지 않을 수 없다. 그러다가 운 좋게도 정말 신뢰할 수 있는 사람을 만나기도 한다. 그럼 나도 아낌없이 베풀고 관계는 더욱 돈독해지며 교제를 나누면 나눌수록 신뢰는 깊어진다.

잘해주는 것은 때로는 이기적인 행위이다

자기도 잘 모르는 사이에 목적을 가지고 상대에게 일방적으로 잘해주는 경우가 있다. 정신분석에서는 이를 '역할 역전(Reversal)'이라고 한다. 자신이 상대에게 받고 싶은 애정과 호의를 상대에게 대신 제공하여 그가 얻는 만족감을 함께 느끼는 것이다. 이를테면 여자가 애인에게 맛있는 과일과 간식을 싸다주며 '이렇게 잘 챙겨주는 여자친구가 있는 남자는 정말 행복할 거야'라고 생각한다. 좋게 말하면 '네가 좋으면 나도 좋다' 식의 관계라고 할 수 있다.

그러나 착각하지 말아야 할 점은, 베푸는 대상의 초점이 상대가 아니라 사실상 자신에게 있다는 것이다. 그래서 매우 이기적이고 자기중심적인 사랑과 호의이다. 자기중심적이기 때문에 대부분 지나치게 상대에게 잘해주지만, 이는 오히려 상대를 부담스럽게 만들고 시간이 지나면서 점점 짐처럼 느껴진다. 그래서 열심히 베풀어도 상대는 냉랭해지고 심하면 베푸는 사람을 무시하고 거부하게 된다.

이런 경우는 관계의 잘못된 속성을 스스로 파악하기 어렵다. 그래서 지나칠 정도로 잘해주었는데도 관계가 어그러진다면, 그때 내가 어떤 목적으로 상대에게 도가 넘치도록 베풀었는지 솔직하게 자문해야 한다.

상대에게 일방적으로 베푸는 사람 중에는 상대에게 심리적으로 얽매인 경우가 있다. '외면당하지 않을까?' '내가 싫어서 떠나면 어쩌지?' 이러한 불안 때문에 상대에게 잘해주어 내게 묶어두려는 의도이다. 그런데 상대가 이를 금방 알아차린다는 것이 문제이다. 그래서 잘해줘도 고마워하지 않고 오히려 우습게 보며, 나를 함부로 대하게끔 빌미를 제공하게 된다. 연인 혹은 친구 관계에서도 이런 사례는 부지기수이다.

특히 남녀관계에서 상대에게 과도하게 잘해주면 오히려 역효과가 날 수 있다. 사랑하는 사이니까 그런다지만, 처음에는 상대도 기뻐할지 모르지만, 시간이 흐를수록 오히려 그로 인해 매력이 사라지고 지루해지며 심하면 상대를 질리게 할 수도 있다.

사람의 심리는 묘하다. 달아나는 사람은 쫓아가고 싶고 쫓아오는 사람에게서는 달아나고 싶다. 까칠한 사람에게는 매력을 느끼고 순종적인 사람에게는 싫증을 느낀다. "내가 그렇게 잘해줬는데 그 사람은 날 버리고 떠났다"고 하소연하는 사람들이 많다. 바로 그것이 인간의 알 수 없는 심리라는 사실을 깨달아야 한다. '일방적인 사랑은 오래갈 수 없다'는 말이 떠오른다.

사람과의 관계는 시소게임과 같다

일방적으로 잘해주면 발생하는 문제들은 다음과 같다.

상대가 오만해지기 쉽다. 받기만 하다 보면 자기가 잘나서 그렇다는 착각에 빠져 거만해지고 베푼 사람을 무시하고 하찮게 여긴다. 잘해주는 것을 당연하게 여기고 고마워하지 않는다. 처음에는 호의와 애정이 고마웠을 것이다. 그러나 시간이 흐를수록 고마운 일에 익숙해져 만성이 되고 결국은 감사도 사라진다. 나중에는 호의를 권리로 여겨 호의를 받으면서 되레 큰소리친다. 그 후로는 잘해주지 않으면 도리어 화를 낸다. 주객이 완전히 전도된 것이다.

이런 상황이 지속되면 상대는 잘해준 사람을 만만하게 보고 쉽게 여긴다. 잘해준 사람을 고맙게 여기지 않고 '자기가 아쉬우니까 내게 잘하겠지'라고 생각하며 오히려 무시한다.

가장 심각한 문제는 관계의 불균형이 생긴다는 점이다. 올바른 관계는 항상 균형을 유지해야 하는데 한쪽이 일방적으로 잘해주면 그 자체가 극심한 불균형을 이룬다. 그럴 경우 관계가 깨지는 것은 시간문제다.

앞에서 말했듯 인간관계는 시소 같아서 한쪽이 무겁거나 가벼우면 즐겁게 탈 수 없다. 항상 평형을 유지해야 한다. 일방적으로 잘해주지도 말고 일방적으로 받기만 해서도 안 된다. 5:5면 가장 좋고 4.5:5.5나 6:4까지는 괜찮을 수 있다. 그 이상이 되면 균형은 깨지고 만다. 8:2 혹은 9:1이 되면 이미 병든 관계라 해도 무방하다. 부모 자식과 같은 특수한 관계는 제외하고 말이다.

일방적으로 너무 많이 베풀지 말고 내가 약간 더 베푸는 정도면 좋다. 상대에게 잘해주고 싶은 마음이 굴뚝같은가? 마음의 제동장치를 항상 점검하라. 그것이 서로를 가장 아름답게 가꾸어가는 길이다.

○
●

한 방 먹이기를 미안해하지 말라

전국 시대 일본을 주름잡던 세 명은 도쿠가와 이에야스, 도요토미 히데요시, 오다 노부나가이다. 어느 날 현자 한 명이 오랫동안 울지 않는 앵무새를 가지고 와서 그들에게 질문했다.

"이 앵무새를 어떻게 하면 좋겠습니까?"

가장 먼저 오다가 대답했다.

"울지 않거든 죽여 버리면 된다."

도요토미는 다르게 말했다.

"울지 않거든 울게 만들자."

마지막으로 도쿠가와는 이렇게 말했다.

"울지 않거든 울 때까지 기다리면 된다."

현자는 도쿠가와에게 "언젠가 당신이 천하를 통일할 것"이라 말하고는 큰절을 올렸다.

사람이 가져야 할 중요한 덕목 중 하나가 인내이다. 인내하는 자가 천하를 통일한다. 마음에 안 들어도 참을 줄 알아야 큰일을 할 수 있다. 잘 참기만 해도 상황이 좋아지고 문제는 해결된다. 그래서 예부터 우리는 인내의 미덕을 가르치고 체득해 왔다.

그런데 무작정 인내하고 참는 것이 능사일까? 참기만 한다고 모든 문제가 해결될까? 한 연구진이 참가자를 모집해 A, B, C 세 그룹으로 나누고 대전 게임을 시켰다. 그리고 그룹에 따라 다음 전략을 활용하도록 지시했다. A그룹은 계속 공격만 하게 했고, B그룹은 공격은 하지 말고 방어만 시켰다. C그룹은 누가 공격해도 참다가 딱 한 번만 반격하게 했다. 이 실험에서 가장 우수한 성적을 거두고 호평을 받은 그룹은 C였다(*《지금부터 할 말은 하겠습니다》 p6). 공격만 해도 안 되고 참기만 해도 안 되며, 참을 수 있는 데까지 참기는 하지만 결정적 순간에 가하는 한 방이 유익하다는 사실을 알려주는 사례이다.

나는 분명 대단한 사람은 못 된다. 나를 괴롭히는 사람, 내게 무례하게 구는 사람, 나를 힘들게 하는 사람을 그냥 두지 않는다. 어느 정도까지는 참지만 한계가 있다. 이건 아니다 싶으면 기회를 잡아 따끔하게 한 방 날린다. 끝까지 참아야 하지만 아직 수양이 덜 되었는지 결정적인 순간에 반격을 가한다. 지금까지 4번 정도 그랬던 것 같은데, 놀랍게도 그러고 나면 인간관계가 훨씬 더 편하고 원만해졌다. 사람들이 나를 대하는 태도가 달라졌다.

작정하고 한 방 날려야 문제가 해결된다

왜 사람들은 착한 사람에게 함부로 굴고, 무례하고, 무시할까? 여러 가지를 생각해보았다. 본성이 나쁜 사람이 있다. 착하고 유순한 사람은 다루기 쉬우니까 타깃 삼아 더 괴롭히고 자기 만족으로 삼는 사람이다. 착한 사람들에 대한 시기 질투가 작용하는 경우도 있다. 사람들은 대개 남이 잘되는 것을 좋아하지 않는다. 누군가 성공하고 인정받고 뛰어난 실력을 발휘하면 배가 아파서 여러 방법을 통해 괴롭힌다. 그렇게 상대의 우수함을 깎아내리고, 거기에 이르지 못한 자신을 위로하는 셈이다.

그런데 문제는 이런 일들이 한두 번으로 그치지 않고 계속 반복되는 것이다. 그러면 당사자는 견딜 수 없는 상태에 이르고 자존감은 땅에 떨어지며 마음의 상처로 인해 일상생활에 큰 어려움을 겪게 된다. 이런 상황을 끊어내야 하는데 착한 사람들은 그러기 쉽지 않다.

나는 그럴 때는 작정하고 한 방 날리는 방법을 택한다. 물론 이것이 능사는 아니다. 사람마다 다르기 때문에 나름의 효과적인 방법을 사용해야 한다. 예를 들면 술자리에서 불편을 털어놓는다든지, 카톡이나 메시지로 이야기를 나눈다든지, 제3자를 통해 해결한다든지, 나를 비꼴 때 즉시 대응하는 등 큰 부작용이 없는 방법을 택할 수도 있다.

그런데 나는 평소에는 말이 없는 편이어서 그때그때 대응하는 것은 성향에 맞지 않는다. 그러나 그런 상황을 어떻게든 끊어내야 한다는 강력한 동기와 의지가 내 안에서 발동하면, 기회를 잡아 한 방 먹이는 방법을 사용한다. 그동안 쌓였던 상대에 대한 불만과 부당함을 응축시켜 한꺼번에 쏟아 붓는다. 충동적으로가 아닌, 준비한 상태에서 한다. 안 그러면 문제가 해결되지 않기 때문이다.

그러면 상대는 예상치 못한 나의 반격에 속수무책으로 당하고 만다. '이것이 과연 바람직한가?' 생각한 적도 있었지만 나로서는 어쩔 수 없다고 말하고 싶다. 그 효과는 엄청났다. 그동안 당해서 힘들었던 모든 심리적 압박이 일시에 해결되는 카타르시스를 경험했을 뿐 아니라 나를 대하는 상대의 태도도 완전히 달라졌다. 그리고 이 사실을 알게 된 주변 사람들도 나를 달리 보게 되었다. 이것은 자기 과시가 아니라 나의 인격에 대한 최소한의 정당방위이다.

이 방법은 여러 사람이 모인 공개 석상에서 사용해야 당사자가 나중에 왜곡된 말로 나를 비난하지 못한다. 그리고 내가 어떤 사람인지를 다른 사람들에게도 각인시킬 수 있는 좋은 기회가 된다. 이 모든 일에 정당성을 확보하는 것이 무엇보다 중요하다. 그렇지 않으면 이런 행동에 힘이 실릴 수 없다. 자신조차 설득하지 못한 상태로는 누구도 자신감 있게 당당하게 말할 수 없기 때문이다.

남을 한 방 먹인다는 것은 결코 최상의 방법은 아니다. 피치 못할 방법이라고 해야 할 것이다. 그보다 더 부드럽고 원만한 해결 방법도 많이 있고, 다른 방법으로 위기를 벗어나는 사람들도 얼마든지 많다. 자신에게 맞는 방법을 찾으면 된다.

> "진정으로 강한 사람은 치열하면서도 온화해야 한다. 또한 이상주의자이면서 현실주의자이어야 한다."
>
> -마틴 루터 킹

7

BOOSTER 2

착한 사람 부스터 2

착하지만 강해져야

○
●

착한 사람이 아닌 위대한 사람이 돼라

한 스승이 세상을 떠나면서 제자들에게 말했다.

"너희는 착한 사람이 되지 말아라."

제자들은 깜짝 놀라서 물었다.

"그럼 악한 사람이 되라는 말입니까?"

"착한 사람도 부족하다는 뜻인데 악한 사람이 되라는 말이겠느냐?"

"그러면 저희는 어떻게 해야 합니까?"

스승은 이렇게 말하고 숨을 거두었다.

"위대한 사람이 되거라."

훗날 제자들은 모두 위대한 사람이 되었다고 한다. 위대한 사람은 착하면서 강한 사람이다. 제자들은 위대한 사람의 비밀을 깨달은 것이다.

착한 사람들의 가장 큰 과제는 강해지는 것이다. 착한 사람들이 왜 실패하는가? 왜 외면당하고 천덕꾸러기가 되고 무기력한 존재로 전락하는가? 약해서 그렇다. 마음도 약하고 의지도 약하고 신체도 허약하기 때문이다. 물론 강한 착한 사람들도 얼마든지 있다. 그런 사람은 대단한 일에 쓰임 받고 놀라운 일을 해내기도 한다.

착한 사람은 왜 약할까? 약해서 어쩔 수 없이 착해진 것일까? 착하게 살다 보니 약해졌을까? 타고 나기를 그런 걸까? 모두 다 있을 수 있지만, 약해서 어쩔 수 없이 착해진 사람이라면 착한 사람이라고는 할 수 없다. 그 사람은 강해지는 순간 그동안 행해왔던 착한 사람의 삶을 쉽게 포기할 테니 말이다. 약함은 장려할 덕목도 아니고 선도, 의도 아니며 삶의 유리한 조건도 아니다.

착한 사람이 강해져야 하는 이유는 무엇인가? 무엇보다 착함을 지키기 위해서다. 약한 사람이 착하면 사람들은 '약하니까 어쩔 수 없이 착한 것'이라고 착함을 과소평가한다. 그러나 강한 사람이 착하면 그 착함 앞에 고개를 숙이고 그를 존경한다. 착하기만 하면 무력한 존재로 살 수밖에 없고 성공도, 행복도, 아름다운 삶도 보장할 수 없다. 그래서 착한 사람은 강한 사람이 되어야 한다.

그러나 약하고 싶어서 약한 사람이 세상에 어디 있겠는가? 강한 자가 되는 게 쉬운 일인가? 강해지고 싶어도 안 되니까 지금 상태인 것이 아니겠는가? 물론 그렇지만 그렇다고 가만히 주저앉아 있을 수는 없지 않은가. 다시 일어나 계속 도전하고 또 도전해야 한다. 그 과정을 통해 우리는 어느덧 강해질 것이다.

나는 정말 약한 사람이었다. 나보다 약한 사람은 그리 많지 않을 것이다. 몸도 마음도 약했다. 초등학교를 다닐 때 한 반 아이들이 50명 정도였는데 하루는 이런 생각이 들었다. '우리 반에서 내가 싸우면 몇 명이나 이길 수 있을까?' 그 순간 나는 좌절했다. 이길 수 있을 만한 아이가 거의 없었기 때문이다. 나는 인생 비관, 자기 학대, 자포자기에 빠질 수밖에 없는 상황이었다. 그런 밑바닥에서부터 출발한 나의 인생이 어떻게 지금 여기까지 오게 되었는지, 기적 같다는 생각이 든다.

나는 끊임없이 강해지기 위해 훈련을 게을리하지 않았다. 마음을 강하게 하기 위해서 부단히 노력하고 씨름하고 갈등하고 연습한 결과가 오늘의 나를 만들었다고 확신한다. 직접 경험한, 마음이 강해지는 비결을 몇 가지 소개한다.

고생 앞에 무릎 꿇지 말고 고생이 당신 앞에 무릎 꿇게 하라. 고생을 두려워하지 말고 과감히 하라. 어려운 일이지만 고생할수록 강해진다. 고생의 강도가 클수록 더욱 강해진다, 군대 훈련병 시절, 한여름 땡볕에 했던 40km 산악행군을 평생 잊을 수 없다. 너무 힘들어서 차라리 죽는 것이 낫겠다 싶었는데 한 번 겪고 나니까 세상에 두려운 것이 없어졌다. 순식간에 나의 멘탈이 엄청나게 강해진 것이다.

고집을 부려야 할 때는 고집 부리라. 옳은 일, 양보해서는 안 되는 일에는 끝까지 고집을 피우라. 그때마다 멘탈이 강해지고 자기 신념이 확고하게 정립된다.

중요한 일은 각오를 다지라. 단단히 각오하면 정신력이 강해진다. 또한 그 각오를 지켜나가기 위해서 치열한 싸움을 한다. 그러면서 마음은 더욱 단련된다.

결단력과 의지력을 키우라. 결단의 순간에는 망설이지 말고 과감하게 행하라. 한번 결단했다면 결코 흔들리지 말라. 작은 이득에 연연하지 말고 큰 것을 붙잡으라. 버릴 것은 과감하게 버리라. 결단을 통해서 마음이 강해지고 의지가 굳건해진다.

바른 삶을 살면 강해진다. 사람이 왜 나약해지는가? 왜 떳떳하지 못하고 위축되는가? 올바르지 못하기 때문이다. 스스로 자기 삶에 정당성을 확보하지 못하면 마음은 힘을 잃는다.

신앙을 가지라. 믿음보다 강한 힘은 없다. 신앙이 있으면 죽음도 이겨낸다. 그래서 신앙을 지키기 위해 수많은 사람들이 목숨도 아낌없이 내던진다.

나름의 극기 훈련을 하라. 철인3종, 자전거 전국일주, 유격훈련, 담력훈련, 야간산행 같은 훈련들이 있다. 회사나 학교에서도 인성 및 자신감을 기르기 위해 이런 훈련을 활용한다.

체력을 강화하라, 일을 저지르라, 비난의 맷집을 키우라, 능력을 키우고 실력을 쌓으라. 이 네 가지는 중요하기 때문에 별도로 설명하겠다.

호랑이와 강아지 중에서 어떤 동물이 더 나쁠까? 대부분 호랑이라고 답할 것이다. 약한 것은 선하고 강한 것은 악하다는 고정관념을 뜻하는 '언더도그마(underdogma)'라는 말이 있다. 약자를 뜻하는 '언더독underdog'과 독단적 신념을 뜻하는 'dogma'의 합성어다. 우리는 언더도그마를 극복해야 한다. 착하면서 강해야 한다. 착한 사람은 반드시 강해야 한다. 쉽지 않은 일이지만 끊임없이 노력해야 한다. 그 과정 자체가 강해지는 길이다.

착하면서 강하다면 금상첨화이다. 더 바랄 것이 없다. 능력은 무한대가 된다. 착한 사람을 넘어서서 위대한 사람의 길로 향한다. 모든 착한 사람에게 이런 놀라운 일이 일어나기를 소망한다.

체력이 능력이다

> 네가 이루고 싶은 게 있거든 체력을 먼저 길러라.
>
> 평생 해야 할 일이라고 생각되거든 체력을 먼저 길러라.
>
> 게으름, 나태, 권태, 짜증, 우울, 분노, 모두 체력이 버티지 못해 정신이 몸의 지배를 받아 나타나는 증상이야.
>
> 네가 후반에 종종 무너지는 이유, 데미지를 입은 후 회복이 더딘 이유, 실수한 후 복귀가 더딘 이유, 모두 체력의 한계 때문이야.
>
> 이기고 싶다면 네 고민을 충분히 견뎌줄 몸을 먼저 만들어.
>
> '정신력'은 '체력'이란 외피의 보호 없이는 구호밖에 안 돼.

드라마 〈미생〉의 명대사다. 체력이 우리 삶의 핵심 요소라고 말하는 대목이다. 이 말에 절절히 동의한다. 그러한 경험을 직접 몸으로 겪었기 때문이다.

착한 사람이 강해지는 비결 중에 강력하게 권하고 싶은 것이 체력 강화다. 착한 사람 중에는 체력이 약한 사람들이 유난히 많다. 체력이 약하니까 마음도 약해진다. 체력이 강하면 마음도 강하다. 그래서 마음을 강하게 하는 가장 효과적인 방법 중 하나가 체력 강화인 것이다.

나의 인생에서 변환점은 운동이다. 세계 역사가 BC와 AD로 나뉘듯 내 인생은 운동 전과 운동 후로, 구체적으로 말하면 근력운동 전과 후로 나뉜다고 하겠다. 지나친 과장이라고 할지 몰라도, 운동에 대한 나의 마음을 이렇게 표현하고 싶다.

운동으로 체력을 강화시키면 인생의 질이 전반적으로 상승한다. 모든 면에서 한 30% 쯤 좋아진다고나 할까. 멘탈이 강해지는 것은 물론 삶이 아름답고 행복해진다. 무엇보다 생활에 활력이 생기고 의욕이 충만해진다. 자신감이 커진다. 영양제나 보약의 효과가 10이라면 운동은 30 정도라고 볼 수 있겠다.

운동하면 우울증이 사라진다. 나는 원래 우울 체질이라서 평생 우울감과 싸워왔다. 우울증으로 불행한 사람들의 마음을 누구보다 잘 이해한다. 나는 우울감을 벗어나려 백방으로 노력했지만 기분은 상쾌하지 않았다. 그런데 운동을 하니 우울증이 많이 사라졌고 근력운동을 한 후에는 완전히 사라졌다. 얼마나 놀라운 일인가!

운동을 하면 머리도 좋아진다. 체력이 좋아야 공부도 잘한다. 전에는 몰랐는데 운동하며 체력이 좋아지니 공부하기도 쉬워졌다. 아이디어가 잘 떠올라 창의적인 사람이 된다. 긍정적이고 담대해진다. 배짱도 생긴다. 심장이 강해진다. 입맛이 좋고 소화도 잘 된다. 잠을 잘 잔다. 쉽게 피곤을 느끼지 않는다. 기분이 무척 좋아진다.

운동은 삶의 질을 향상시킨다

운동을 시작할 때는 힘들어도 하고 나면 매우 상쾌해진다. 인생의 어려운 고난도 헤쳐나갈 수 있다. 대인관계가 원만해진다. 각종 스트레스를 이겨낼 수 있다. 웬만한 일로는 스트레스를 받지 않는다. 이 모든 효과는 내가 실제로 체득한 사실이다.

건강이 좋아지고 수명도 길어진다. 젊어지고 피부가 좋아진다. 몸매에 균형이 잡히니 다이어트는 말할 필요가 없다. 온갖 질병을 예방하고 치료한다. 고지혈증, 골다공증, 당뇨는 운동이 최고 처방이다. 치매를 예방한다. 삶이 밝아진다. 평안해진다. 면역력이 길러진다. 삶의 질이 몰라보게 상승한다. 체력은 만능이다. 경이로울 정도다.

운동도 단계가 있다. 나는 처음 2~3년은 걷기와 뛰기를 주로 했다. 그 다음에는 맨손으로 스쿼트를 했다. 하루에 1,000개씩 하기도 했다. 그러고 나서는 역기를 들었다. 지금은 사무실에 운동 시설을 갖추어놓고 일주일에 3~4일 운동한다. 어떻게 운동하면 좋을지 전문가의 도움을 받아야 한다. 나는 근력운동을 강력 추천한다. 그 단계를 거치면 나중에는 역기를 들어보라. 역기를 들고 나서부터 나의 생활과 체력이 획기적으로 변화했기 때문이다.

처음에는 운동이 재밌고 즐겁지만 오래 하다 보면 너무 하기 싫을 때가 있다. 그러면 꾀를 부리기 십상이다. 그럴 때 나는 자신에게 이렇게 말하고 억지로 운동을 시작한다.

"살고 싶으면 운동해."

운동은 일주일에 3~4일, 1~2시간이면 적당하지만 정답은 없으니 자신에게 맞는 방법을 찾아서 하면 된다. 복식호흡(단전호흡)은 꼭 권하고 싶다. 나는 복식호흡을 30년간 해왔다. 머리부터 발끝까지 온몸이 평안해진다. 눈이 밝아지고 얼굴에 생기가 돌고 마음이 안정된다. 스트레스가 사라진다. 담대함이 생기고 강건해진다.

아랍 격언에 사람은 세 부류로 나뉜다고 한다. 움직일 수 없는 사람과 움직일 수 있는 사람 그리고 움직이는 사람. 당신은 어떤 사람인가? 강해지기를 원하는가? 운동을 하라. 체력을 강화시키라. 체력은 만능이다.

○
●

돌다리도 너무 두들기지 말라

"돌다리도 두들겨보고 건너라"는 속담이 있다. 어떤 예기치 않은 일이 벌어질지 모르니 재차 확인하고 점검하라는 뜻이다. 살다 보면 이 속담이 꼭 필요한 상황이 있다. 그러나 이 말만 맹신하여 새로운 도전을 등한히 한다든지 혹은 두들기지 않아도 될 돌다리를 끝없이 두들기기만 한다면 문제가 아닐 수 없다.

착한 사람들 중에는 돌다리를 너무 많이 두들기는 사람이 있다. 소심하고 지나치게 조심성 많고 완벽주의인 사람들이다. 너무 많이 두들겨서 아예 돌다리가 부서지기도 한다. 돌다리만 계속 두들기고 있으면 더 소심해지고 더 나약해지고 소극적인 사람이 된다. 일이 비효율적이고 비능률적이 되는 것은 너무도 당연하다. 새로운 일을 시작하지 못하고 창의적이고 도전적인 일은 꿈도 꾸지 못한다.

이제는 돌다리도 두들겨 건너라는 말만 되뇌지 말고 담대하게 두려움 없이 적극적으로 나아가라. 그러다가 물에 빠질 수도 있다.

빠지면 좀 어떤가! 고생은 하겠지만 그로 인해 더 놀라운 세계를 경험할 수 있다. 치열한 극복의 과정을 통해 멘탈은 더 단단해지고 견고해진다. 그러므로 착한 사람들이 강해지는 비결 중 하나가 바로 '일을 저지르는 것'이다.

나는 '저지르는 것'을 참 좋아한다. 직원들에게도 늘 "저질러라"라고 말한다. 저질러야 도약이 있고, 새로운 창조가 있고, 예상치 않은 이익을 얻을 수 있다. 저지르는 것은 결코 쉬운 일은 아니다. 미래에 닥칠 각종 위험을 감내할 각오가 있어야 한다. 그래서 사람들은 대개 저지르기를 싫어한다. 그러나 위대한 것을 이루려는 사람은 가만히 있지 못한다. 저지른다. 모험과 도전, 위험을 무릅쓴다.

"이봐, 그거 해보기는 해봤어?"

현대그룹 창업주 정주영 회장의 유명한 말이다. 1983년 충남 서산에 간척지를 조성하고 있었다. 총 길이 7,686m의 방조제를 축조하는 대규모 사업이었다. 서산 앞바다는 조수 간만의 차가 너무 커서 무려 20만 톤 이상의 돌을 매립해야 공사가 가능했다. 모두 불가능하다고 두 손 들 때 정 회장은 폐유조선을 물막이로 사용하자는 기상천외한 아이디어를 냈다. 담당직원이 난색을 표하자, "이봐, 그거 해보기는 해봤어? 해보지도 않고 고민하지 말고 한번 해봐."

결국 이 공법을 사용해서 45개월 걸릴 공사를 9개월 만에 마쳤다. 이 사건은 이후 '정주영공법'이라고 〈뉴욕타임스〉에 소개되기도 했다.

망설이지 말고 일단 저질러보라

"해보기는 해봤어?"는 "저질러봤어?"와 같은 말이다. 그러한 도전정신, 모험정신이 오늘날의 현대를 만들었다. 저지르면 좋은 점이 있다. 저지른다는 것은 낯선 세계로의 모험을 의미하기 때문에 획기적인 진보가 있고 사건 사고도 많아진다. 그러다 보면 사람이 강인해진다. 정신력이 강화되고 외부 도전을 견뎌내는 강한 내성과 의지력이 생긴다.

그뿐이 아니라 누구보다 먼저 인생의 새로운 기회를 얻어낸다. 저지르는 것은 아무나 쉽게 할 수 있는 일이 아니다. 그래서 다른 사람들이 망설일 때 그 일을 먼저 시도함으로써 남보다 한 발짝 앞서 나간다. 그 한 발짝은 성패의 결정적 요인이 될 수 있다. 지나치게 신중한 사람이 있다. 그러지 않아도 될 일에 너무 신중하다 보면 중요한 기회를 잃어버리는 치명적 실수를 범할 수 있다.

일을 저지르면 실패 가능성이 높아진다. 그러니까 실패를 각오하고 일을 저지르는 것이다. 하지만 실패는 자산이 된다. 성공은 실패의 토대 위에 세워진다. 실패는 가장 유익한 성공의 자료다. 성공하기를 원하는가? 실패를 마다하지 말라. 실패가 많아질수록 성공에 가까워진다. IBM의 토머스 왓슨은 이렇게 말했다.

"성공의 비결은 단순하다. 실패를 두 배로 늘리면 된다."

누군가는 심지어 이렇게 권면한다.

“가능한 한 빨리 실패를 경험하라. 무슨 수를 써서라도 실패를 해보라.”

실패는 사람을 강하게 만든다. 실패하기 전에는 실패가 두렵지만 몇 번 겪어보면 실패에 대한 압박감에서 자유로워진다. 한 스승이 제자에게 말했다.

“세상에는 세 가지 실패가 있다. 첫 번째 실패는 나쁜 방법으로 성공하는 것이다. 성공의 대가는 얻었겠지만 진정한 삶의 의미나 기쁨은 얻기 어렵다. 두 번째 실패는 좋은 일에 실패하는 것이다. 그것은 실패라 하여도 사실은 성공이라고 할 수 있다. 계속하면 진정한 성공을 얻게 된다. 세 번째 실패는 아무것도 하지 않는 것이다. 당연히 실패도 성공도 없다. 그러나 인생을 낭비한 책임을 져야 한다. 사실 이는 가장 치명적인 실패다.”

세 가지 실패를 말한 후 스승이 제자에게 물었다.

“그렇다면 너는 성공을 무엇이라고 생각하느냐?”

그러자 제자가 이렇게 대답했다.

“좋은 일을 매일 시도하는 것입니다.”

가장 치명적인 실패는 아무것도 하지 않는 것이다. 위험을 무릅쓰라. 모험을 마다하지 말라. 일을 저지르라. 때로는 실수도 저지르고 그 실수를 기꺼이 감당하라. 넘어지지 않고 자전거를 배울 수 없다. 항상 돌다리만 두들기고 있지 말라. 정말 한심한 사람은 하도 두들겨서 돌다리를 망가뜨리는 사람이다. 완벽해진 후에 일을 시작하려 하지 말고 시작하고 완벽을 향해 나아가라.

'Just Do It!'

나이키는 이 유명한 슬로건을 통해 스포츠슈즈 시장의 점유율을 10%에서 43%로 끌어올렸다. '그냥 해!' '해봐!' 당신 인생의 성장 저력이 50%는 증가할 것이다.

○
●

다른 사람의 비난에 맷집을 키우라

나는 치명적인 타격을 가할 수 있는 힘과 기술이 있다.
나는 상대방을 죽이지 않고도 승리할 수 있다.
나는 가정과 국가 그리고 어떤 조직도 파괴할 수 있고,
수많은 사람을 파멸시킬 수 있다.
나는 바람의 날개를 타고 여행한다.
아무리 순결한 사람이라도 내게는 무력하고,
아무리 깨끗한 사람이라도 내게는 더럽다.
나는 바다보다 더 많은 노예를 거느리고 있으며,
나는 결코 망각하지 않으며, 결코 용서하지 않는다.
내 이름은 비난이다.

– 모간 블레이즈

살다보면 누구나 각종 비난에 처하게 된다. 예수나 공자, 석가모니

도 비난을 받았다. 비난이 있는 이유는 사람이 완벽하지 않기 때문이고 악하기 때문이다. 그래서 아예 이렇게 생각해야 한다. '인생은 비난과 함께 살아가는 것이다.' 비난을 당연시 여겨야 한다. 만일 비난받지 않는 것이 목표라면 지구를 떠나야 한다. 비난에 개의치 않는 훈련을 해야 한다.

비난은 얼마나 무서운가? 비난을 받으면 웬만한 사람은 주저앉거나 심각한 침체에 빠진다. 그러나 그 비난을 극복하면 비난의 위력이 거센 만큼 더욱 강해질 수 있다.

착한 사람은 유독 비난에 취약하다. 작은 비난의 소리도 견뎌내기 어려워한다. 왜 그럴까? 일단 깨끗해서이다. 다시 말하면 세상의 때가 덜 묻었기 때문이다. 깨끗하니 작은 티끌도 감당하기 어렵다. 깨끗하면 당연히 좋지만 깨끗함도 이 세상을 떠나서는 무의미하다. 이 세상 속에서의 깨끗함이라는 사실을 알아야 한다.

또 하나는 자신의 착함이 무너진다고 느끼기 때문이다. 이를 두려워하면 안 된다. 타인의 비난을 지나치게 신경 쓰는 이유는, 내 착함의 기준을 남의 평가에 두기 때문이다. 남의 평가와는 상관없이 스스로 착함의 기준을 가지고 지켜나가면 된다. 내 기준으로 나의 착함을 지켜나가면 타인의 비난에 개의치 않을 수 있다.

비난은 갈림길이다. 비난을 듣고 쓰러지는 사람이 있고 오히려 강해지는 사람이 있다. 비난 받으면 자존심이 망가지고 무기력해지는 사람이 있다. 심각한 고민에 빠져 오랫동안 자기만의 생각에 골몰하는 사람도 있다. 오히려 상대를 역공하는 사람이 있고 자연스럽게 받아들이면서 자신을 개선해 나가는 사람, 나아가서는 비난의 위기를 기점으로 자신을 단단히 강화시키는 사람도 있다. 이처럼 비난에 대응하는 방법도 여러 가지이다. 당신은 어느 쪽인가?

비난 받을 때 강해지는 방법

비난에 대응하기란 말처럼 쉽지 않다. 그러나 노력하면 획기적인 자기 성장과 강화의 기회로 삼을 수 있다. 나도 수많은 비난에 시달렸다. 소나기처럼 비난이 쏟아지는 느낌이었다. 하지만 굴복하지 않으니 오히려 그 비난이 나를 강하게 만들어주었다. 비난은 고통인 동시에 기회이다. 비난을 역으로 이용하면 인생에 파격적인 도약을 가져올 수 있다.

비난을 당할 때 강해지는 방법을 살펴보자.

마음의 철갑옷을 입으라. 누구든 비난 받는다. 비난을 듣는 것이 인생이라 생각하라. 사람들은 별 생각 없이 남 이야기를 하고 팩트 체크 없이 비난한다. 그러니까 비난을 신경 쓸 필요가 없다. 비난 때문에 힘들어 하는 것은 못된 상대가 소기의 목적을 달성하게 돕는 셈이다. 비난에 상관없이 꿋꿋하면 못된 상대를 이기는 것이다. 내가 왜 못된 상대의 평가에 좌지우지되어야 하는가?

비난을 오히려 즐기라. 실제로는 어려운 일이지만, 즐긴다고 생각하면서 대응하면 좀 더 긍정적으로 받아들일 수 있다. 세계적인 축구 스타 호날두는 그에게 쏟아지는 비난에 관한 질문을 이렇게 받아넘겼다.

"그래도 나는 잘 자고 가벼운 마음으로 침대에 눕는다. 비난도 비즈니스의 일부라고 생각한다. 오히려 나는 비난받는 것을 즐기는 편이다. 공부 못하는 애들이 전교 1등을 좋아하겠는가? 비난은 질투일 뿐이다. 나는 팬들의 야유를 내 능력 향상에 사용한다."

호날두의 말이 다 맞는 건 아니겠지만, 비난을 대응하는 방법은 적절하다고 생각한다.

비난을 자기 성장과 강화의 기회로 삼으라. 비난을 부정적으로만 볼 필요는 없다. 분명 거기에서도 내가 배울 점이 있을 것이다. 마음을 열고 수용할 것은 받아들이면서 자기 성장의 기회로 삼는 것이다. 그러나 악의적인 비난에는 결코 무너져서는 안 된다. 유명 연예인이 인터넷 악플로 인해 목숨을 끊는 사례도 종종 있었다. 눈과 귀를 막는 것이 답일 때도 있다. 비난하는 사람들과 거리를 두고 내 인생을 사는 것이다. 나의 일에 몰두하며 열심히 사는 것이 비난을 이기는 방법이다.

비난을 감정적으로 대하면 그 자체가 지는 것이다. 냉정하게 사태의 진위를 파악해야 한다. 상대의 비난 강도가 세질수록 더욱 부드럽게 대응하고 매너를 지켜야 한다. 반격을 최소화하되 맞붙어 비난하면 안 된다. 감정을 제어할 줄 아는 사람일수록 '함부로 해서는 안 될 사람'이라는 것을 상대가 깨닫고 결국은 비난을 자제할 것이다.

맷집을 키우라. 나는 정치인에게는 별로 배울 것이 없지만 비난에 대한 맷집은 탄복할 정도라 생각한다. 그렇게 악플을 받고 욕을 듣고 온갖 비난을 당해도 정말로 까딱없다. 온 국민이 짜증을 내도 자기 갈 길을 간다. 사람들의 비난에 대해 그들처럼 강한 사람들도 없을 것이다.

오래 전 우연히 일본 선수와 미국 선수의 권투 경기를 보았다. 초반부터 일본 선수가 계속 두들겨 맞았다. 저러다 금방 끝날 것 같은 경기였다. 그런데 얼마나 맷집이 좋은지 계속 그렇게 맞고 있었다. 거의 끝나가는 후반에, 맞고만 있던 일본 선수가 아무렇게나 휘두른 한 번의 주먹이 상대의 얼굴을 강타했고 그것으로 경기는 끝났다. 그때 나는 깨달았다. '맷집만 좋아도 이기는구나.' 비난에 대한 맷집을 키우라. 그러면 인생에서도 승리한다.

"우리를 쓰러뜨리지 못한 것은 우리를 강하게 만든다."

독일의 유대인 포로수용소에서 마지막까지 살아남은 심리학자 빅터 프랭클(Viktor Frankl)의 명언이다. 나는 이 말이 정말 좋다. 어떤 비난일지라도 나를 쓰러뜨리지 못하게 하면 나는 그만큼 강해진다. 비난의 화살을 수없이 맞고도 멀쩡하게 살아가라. 그러면 세상 그 무엇도 두렵지 않다. 남이 던진 오물도 내가 거름으로 삼으면 보물이 된다.

싸우지 않고 이기는 법

'지피지기(知彼知己) 백전불태(百戰不殆).' 적을 알고 나를 알면 백 번 싸워도 백 번 위태롭지 않다는 유명한 말이다. 그런데 《손자병법》에는 이보다 중요한 핵심 전략이 있다. '최고의 승리는 싸우지 않고 이기는 것'이다.

"싸울 때마다 이기는 것은 최선의 방법이 아니며, 싸우지 않고도 적을 완전히 굴복시키는 전술이 가장 좋은 방법이다."

싸우지 않고 이긴다니, 가능한 일일까? 그렇다. 네 가지 방법이 있다. 하나는 사랑으로 이기는 길이다. 가장 이상적인 방법이다. 선으로 악을 이기는 것이다. 상대를 사랑으로 감동시켜 머리 숙이게 한다. 태양과 내기한 바람이 나그네의 옷을 벗기려 휘몰아치지만 그럴수록 나그네는 옷을 더 단단히 붙잡는다. 태양은 따뜻한 햇볕을 내리쬐어 나그네가 스스로 옷을 벗게 한다. 쉬운 것 같지만 현실에서는 결코 쉽지 않은 방법이다.

둘째는 전술로 이기는 방법이다. 우리나라 역사상 최고의 외교관 서희는 거란의 장수 소손녕을 외교술로 설득했다. 993년 거란의 침공으로 고려가 위태로워지자 서희는 치밀하고 논리적인 말로 소손녕을 설득하여 오히려 압록강 지역까지 우리나라의 땅을 넓히는 놀라운 성과를 거두었다. 싸우지 않고 전술로 이기는 사례는 많다.

셋째는 월등한 힘을 소유하는 방법이다. 비교되지 않을 만큼 힘이 압도적이면 상대는 스스로 굴복한다. 알렉산더 대왕이나 칭기즈칸은 선전포고만으로 대부분의 나라를 항복시켰다. 모든 인간 삶의 영역에서도 마찬가지다. 비슷하면 경쟁이 되지만 한쪽이 월등하면 일방적으로 이긴다.

넷째는 착한 사람이 이기는 길이다. 현실적으로 최고의 방법이다. 착한 사람이 사랑과 능력을 동시에 소유하는 것이다. 사랑만으로는 무모할 때가 있다. 여기에 능력을 더해야 한다. 사랑과 능력, 착함과 실력을 갖추면 더 바랄 것이 없다. 2장에서 말한 착한 사람 A형에 해당하는 사람이다. 착함에 능력을 더하면 모든 일에 승리한다. 착한 사람은 여기에 목표를 두어야 한다.

착하기만 하면 무력하다. 사랑만으로는 유약하다. 착함 자체로 누가 어드밴티지를 주지 않는다. 반드시 힘을 키워야 한다. 착한 사람은 동시에 강해야 한다. 현실적으로 강해지는 비결은 무엇인가? 앞서 여러 가지를 이야기했지만 가장 확실한 것은 실력을 키우는 것이다.

나는 남보다 능력이 적다고 생각했다. 내 기대치에 비해 능력이 부족하다고 여겨 학창 시절에는 비관도 많이 했다. 그러나 비관한들 무슨 소용이 있겠는가? 내가 남보다 부족한 점이 있는 반면 남보다 우월한 점도 분명 있지 않을까? 이렇게 생각하며 현실을 받아들이기로 했다.

능력이 부족하면 간단하다. 남보다 2배, 3배, 5배 더 열심히 하면 된다. 억울할 필요도 없다. 남이 한 시간이면 될 것, 나는 세 시간 하면 된다. 그러다 보면 생각지 않게 다른 부분에서 얻는 것도 많아진다. 나는 늘 이런 생각을 갖고 지금까지 일해왔다.

꾸준함은 훌륭한 능력이다. 무슨 일이든 매일 꾸준히 하면 놀라운 일이 벌어진다. 재능이 부족해도 꾸준히 하면 오랜 세월 후 놀랄 만큼 성장한 자신을 볼 수 있다. 무슨 일이든 물방울로 바위를 뚫는 심정으로 하라. 걸어서 지구 한 바퀴를 돌 수 있을까? 성인 남성이 하루 10시간씩 걸으면 겨우 2년 9개월이면 지구 한 바퀴를 돌 수 있다. 능력이 좀 부족하다면 꾸준함으로 채우라.

가랑비에 옷 젖는 것을 무섭게 생각해야 한다. '고작 그까짓 것' 하며 무시했던 그까짓 것이 나중에는 엄청난 격차를 가져온다. 하루를 소중히 여기며 살지 않으면 10년, 20년 후에는 돌이킬 수 없는 차이가 발생한다. 하루하루 쌓이는 것은 정말 무서운 일이다. 좋은 것도 쌓이고 나쁜 것도 쌓인다.

세상은 생각보다 허술하다. 내가 비집고 들어갈 빈틈이 꽤 많다. 사람은 대부분 거기서 거기다. 미리 겁먹을 필요 없다. 계획하고 도전하면 의외로 잘 풀릴 수 있다. 남보다 조금만 더 고생하고 조금 더 노력하면 금세 앞서 나간다.

자기관리가 핵심이다. 자기가 무너지면 다 무너진다. 나를 이기는 것이 남을 이기는 지름길이다. 모든 능력 중에서 나는 자기관리 능력이 최고라고 생각한다. 제1장에서 성공의 요인 1위가 '정직'이라고 했는데 공동 1위가 '자기관리'이다. 피나는 노력으로 자신을 관리하라. 결코 쉽지 않지만 분명히 할 수 있다. 자기관리를 위해 목숨을 걸라.

능력보다 열정을 지녀야 꿈을 이룬다

수십 년 전 어디서 본 글을 아직도 메모장에 간직하고 가끔 읽어 본다.

> "이 세상에 자기와의 싸움처럼 힘들고 어려운 싸움이 없고, 내가 나를 이기는 것처럼 위대한 승리는 없다. 마지막 승리의 고지에 서는 사람이 적은 이유는 자기와의 싸움이 그만큼 처절하기 때문이다."

열정은 능력보다 중요하다. 열정 있는 사원과 능력 있는 사원이 있다면, 사장은 누굴 더 선호할까? 나는 열정 있는 사원을 택하겠다. 능력은 열심히 하면 개발할 수 있다. 그러나 아무리 능력이 있어도 열정이 없다면 그 능력은 쓸모가 없다. 뜨겁게 살라. 뜨거우면 뭐라도 해낸다. 만사는 심은 대로 거둔다. 지금 나의 삶은 과거에 내가 심었던 삶이고, 미래 나의 삶은 지금 내가 심는 삶이다. 거짓이 없다.

안도현의 시구를 인용해본다.

"연탄재를 함부로 발로 차지 마라. 너는 누구에게 한 번이라도 뜨거운 사람이었느냐?"

"삶이란 나 아닌 그 누구에게 기꺼이 연탄 한 장 되는 것."

꿈결 같은 세상

그때에 이리가 어린 양과 함께 살며
표범이 어린 염소와 함께 누우며
송아지와 어린 사자와 살진 짐승이 함께 있어 어린아이에게 끌리며
암소와 곰이 함께 먹으며
그것들의 새끼가 함께 엎드리며
사자가 소처럼 풀을 먹을 것이며
젖 먹는 아이가 독사의 구멍에서 장난하며
젖 뗀 어린 아이가 독사의 굴에 손을 넣을 것이라.

-〈성경〉 이사야 11장 6~8절

이 구절을 읽기만 해도 나는 꿈에 젖는다. '사자가 소처럼 풀을 먹고, 늑대가 어린 양과 함께 뛰놀고, 젖 먹는 아이가 독사와 더불어 장난친다.' 상상만 해도 황홀하다. 모든 사람이 꿈꾸는 이상향이다.

나는 이 책을 쓰면서 이러한 세상을 꿈꿔보았다. 그리고 잠시나마 꿈속의 세상을 거닐어 보았다. 이런 곳이야말로 사람들이 그토록 바라는 유토피아가 아닌가! 과연 이루어질 수 있을까? 그냥 꿈으로 끝나는 걸까? 그러나 포기하고 싶지 않다.

꿈같은 세상은 더불어 함께 사는 세상이다. 강자도 약자도 따로 없다. 먹는 자와 먹히는 자가 하나이다. 다 똑같다. 힘 있는 자와 힘없는 자가 함께 어울려 뒹군다. 사람과 동물, 자연이 하나가 된다. 악이라고는 손톱만치도 없는, 그야말로 평화로운 곳이다. 정글의 법칙, 지배원리가 통하지 않는다. 약육강식, 적자생존, 자연도태는 찾아볼 수 없다.

꿈같은 세상은 해함도 없고 상함도 없는 세상이다. 뱀의 이에는 독이 빠져 있고, 곰이 풀을 뜯어먹으며, 표범이 양순해진 세상이다. 적대관계, 대립관계, 경쟁관계가 없는 세상, 유능한 자 무능한 자, 잘난 자 못난 자, 대단한 자 부족한 자가 똑같이 사랑하고 사랑받고 인정받고 존중받는 세상이다.

과연 그런 세상이 이루어질까? 나는 착한 사람도 능력을 갖춰야 하고 분별력이 있어야 하고 심지어는 강한 사람이 되어야 한다고 주장했다. 하지만 능력을 갖추기 싫어서 안 갖춘 사람이 어디 있겠는가? 해도 해도 안 되는데 어쩌란 말인가. 그러나 꿈같은 세상이 이루어지면 그런 모든 것이 갖춰지지 않아도 괜찮다. 한없이 착하기만 해도 괜찮은 세상이 도래하는 것이다.

과연 그런 세상은 그저 꿈에 불과할까? 아니다. 방법이 있다. 이론적으로는 그리 어려운 일이 아니다. 착한 사람이 많아지면 된다. 착한 사람이 많아질수록 그런 꿈같은 세상에 점점 다가갈 수 있다. 완전한 이상세계는 아니라도 이상세계에 근접한다.

다행히 희망이 있다. 앞서 말한 대로 세상은 점점 선해지고 있기 때문이다. 착한 사람들이 살기 좋은 세상이 되어가고 있다. 악한 사람, 나쁜 사람들은 적응하기 힘든 세상이 되어가고 있다. 이러한 세상의 흐름은 어디까지 갈까? 꿈같은 이상세계, 완전한 세상은 올 수 있을까? 그것은 불가능하다고 본다. 점점 가까이 갈 수는 있을지라도 다다를 수는 없다. 이것이 우리 피조물의 한계이며 유한한 세상의 마지막 벽이다. 이 세상은 선을 향해 가지만 완전한 선에는 도달할 수 없다.

그렇다면 사자가 풀을 뜯어 먹고 이리와 어린양이 손을 잡고 뒹구는 때는 언제 오는가? 전혀 새로운 세상이 이루어져야 한다. 기독교에서 말하는 메시아적 세상이다. 그야말로 새 하늘과 새 땅이 이루어진다. 꿈에 그리던 세상이 현실이 된다. 이미 시작되었지만 아직 완성되지는 않았다. 우리는 지금 '이미(already)'와 '아직(yet)' 사이의 긴장 속에서 살고 있다. 시작과 완성 사이에서 우리가 할 수 있는 일은 포기하지 않고 절망하지 않고 확신을 가지고 그 아름다운 이상세계를 향해 나아가는 것이다.

오늘도 나는 꿈같은 세상을 꿈꾸며 산다. 그 꿈이 있기에 사는 맛이 있다. 이 책의 내용이 널리 전파되어 그런 세상이 우리 곁에 속히 도래하기를 바란다. 생각만 해도 황홀하다. 암소와 곰이 함께 먹고 새끼들이 같이 뒹구는 세상, 송아지와 어린 사자가 함께 뛰어 노는 세상, 어린아이가 독사 굴에서 장난치며 즐거워하는 세상. 어떤가? 상상만으로 만족할 수 있겠는가? 아름다운 꿈이 현실로 이루어지기를 간절히 소망한다.

착하게 사는 게 맞다고 생각합니다

1판 1쇄 발행 2023년 03월 01일
1판 3쇄 발행 2023년 03월 10일

지은이 주용태
펴낸이 박현

펴낸곳 트러스트북스
등록번호 제2014 - 000225호
등록일자 2013년 12월 3일
주소 서울시 마포구 성미산로1길 5 백옥빌딩 202호
전화 (02) 322 - 3409
팩스 (02) 6933 - 6505
이메일 trustbooks@naver.com

값 16,000원
ISBN 979-11-92218-66-3 03810